JN045803

おたやんのつぶやき

法善寺と富山、奇なる縒り糸

Higashi Ryuzo
東龍造

幻戯書房

——亡きパートナーへ捧げる——

目次

装丁　佐藤絵依子
写真　著　　者

おたやんのつぶやき

法善寺と富山、奇なる縒り糸

おたやんのつぶやき

法善寺と富山、奇なる縒(よ)り糸

「六甲おろし」の勇壮な楽曲を大合唱しながら、トラキチだけでなく、野次馬やその他大勢の群衆が道頓堀や戎橋（えびすばし）に詰めかけ、大阪のミナミはすさまじい熱気と喧騒に包まれていた。ついいましがた、埼玉・所沢の西武球場でおこなわれたプロ野球日本シリーズで、阪神タイガースが西武ライオンズを打ち破り、球団史上初の日本一に輝いたところだった。

昭和六十（一九八五）年十一月二日の午後四時十分すぎ。十七日前には、阪神が二十一年ぶりのリーグ優勝を決め、大阪の街が異常なほどの盛り上がりを見せたばかりなのに、ふたたび乱痴気騒ぎが起きていた。

そんな熱く沸騰している商都から北東に約三百キロ離れた新潟県境にほど近い富山県の東部、黒部山系の山々をのぞむ朝日町には、静寂と錦秋（きんしゅう）の空気が濃厚に漂っていた。里山を覆い尽くす紅葉から放たれる涼気が清々（すがすが）しい。そうした佇（たたず）まいのなか、池に浮かんでいるごとくピラミッド型の百河豚美術館が建っている。「百河豚」と書いて、「いっぷく」と読む。

田上雄二がここに来たのは、その珍しい名前に目が留まったからだった。

二か月前、東京の下町にある中堅印刷会社の営業職を辞し、はて、これからなにをしていけばいいのかと考えあぐねていたら、富山の製薬メーカーに勤めている大学時代の友人から「気晴らしに遊びに来いよ」と言われ、リュックを背負い、ジーンズに黄色いセーター、白いスニーカーというカジュアルないでたちではじめて富山の地を踏んだ。

雄二はこれまで確固たる目的を持って生きてきたわけではない。大学四年次の就職活動では、入りたい企業ではなく、入れる企業を探しまわり、さほど苦労せずに採用された。職種は関係なかった。父親は個人経営とはいえ、おなじ印刷業。これもなんかの縁やし、生まれ育った大阪を離れ、一度、天下の東京で暮らしてみるのもええかな、そんな安直な気持ちでその印刷会社に入社した。

しかし一度(ひとたび)、社員になるや、俄然、プロ意識が芽生え、給料をもらっているからには精一杯、仕事せなあかんと思い、がむしゃらに働いた。決して気の強い方ではないが、持ち前の愛想の良さを活かし、同期入社十人のなかでは飛び抜けて営業成績を伸ばした。「期待してるぞ。おまえは幹部候補生だからな」と上司に言われ、まんざらでもなかった。給料はもちろん、仕事の内容や職場環境にもこれといって不満はなかった。

なのに、このままでええんやろか、としだいに疑問が湧いてきた。これまで続けてきた営業マンではなく、ほかになにかでっかいことができるんとちゃうやろか。人生、一度きりなんやから……と。

明確な将来展望もなく、ただそれだけの理由で七年間勤めた会社にあっさりと辞表を出した。妻子がおれば、会社で踏ん張っていただろうが、気軽な独り身。それにバブル景気という信じられない好況が目前に迫っていたことをなんとなく予感でき、これまでの実績を踏まえれば、転職はさほど難しくないという楽観的な見方も抱いていた。

それもこれも若気の至りと言いたいところだが、すでに三十路（みそじ）を越えており、決して若くはないのに……。会社から強く慰留されるも、うまく円満退職に持ってゆき、退職願を受理されると、すぐに大阪に戻った。そして一か月ほど、ぶらぶらしてから、富山にいる友人に誘われ、近況報告しに来たというわけだ。

この北国の街に来て、友人と三日三晩、飲み明かした。そろそろ帰阪し、阪神フィーバーにどっぷり浸ろう、そう思って国鉄富山駅に来たのだが、大阪行き特急の発車時間までゆとりがあったので、なに気に構内の観光案内所へ足を向けた。そこで百河豚美術館のチラシを目にしたのだった。

どうやら陶芸を中心にした古美術専門の美術館らしい。美術は好きな方だが、絵画がメインで、陶芸はさほど興味がなかったのに、「百河豚」という奇妙な名前になんとなく惹かれた。というか、その未知なる美術館が自分を誘（いざな）っているような気がしてならなかった。

雄二は衝動的に大阪と逆方向の発車間際の普通列車に飛び乗り、東方の泊駅で下車、そこからタクシーで百河豚美術館へ向かった。

この美術館は、地元の朝日町出身で、大阪ミナミの河豚料理の老舗「太政」を創設した青柳政二氏が私財を投じて造ったものだ。江戸初期の陶芸家、野々村仁清の陶芸コレクションを中心に仏像、仏具、浮世絵、大和絵、屏風、木工、金工など、青柳氏が収集した日本と東洋の古美術品を展示している。館名の「百河豚」は自身の号からつけられたもの。受付で渡されたリーフレットに館名の由来が詳しく記されてあった。

「この『百河豚』は青柳が関西で河豚料理店を経営していたこと、自分の体重が河豚百匹分あったことからきており、『人生は働くばかりでなく、いっぷく（一服）することも必要。素晴らしい美術品を見て、心和む時間をお過ごしください』という意味もあります」

〈ほーっ、なるほど〉

雄二は、勝手にわが身のことに重ね合わせ、大きく頷いた。

古美術と真剣に向き合ったのは、これがはじめてだったが、妙に心が洗われ、気分が軽くなってきた。閉館時間が迫っていたので、館内には雄二のほかにはだれもいない。そんな静謐な空間がよりいっそうこの男の心を清楚なものにした。

一階の展示フロアをゆるりと見物してから、二階の展示フロアに足を踏み入れた瞬間、ブルッと身体が震え、頭のてっぺんになにやらズシンときた。

〈いったいなんやろ……〉

酒の飲みすぎがいまごろきたのかと思い、度のきつい黒ぶちメガネをはずし、手で両目をこすっていたら、いつの間にやら、左奥のガラスケースに入っている展示品の前に立っていた。そこに鎮座する大きなお多福人形を見つめていると、どこからともなく女性の声が聞こえてきた。

《よぉ、お越し。あんさんを待ってましたんや》

〈えっ！　いまのはなんや⁉〉

キョロキョロ見まわしたが、だれもいない。

〈おかしいなぁ……〉

《こっちや、こっち、しっかり見なはれ》

今度ははっきり聞き取れた。声の主は明らかに目の前のお多福人形だった。年寄りじみた声ではなく、古美術品らしからぬ、存外に明るい温和な声。

お多福人形は、高さが七十センチほどの木製で、松竹梅の絵柄をあしらった内掛を羽織っている。重さが十五キロほどで、見た目からして重量感がある。両膝の脇に黒光りした両手を広げてつき、やや前かがみになって正座している。額の真んなかで分けた長髪をうしろに流し、どことなく含み笑いを見せた、穏やかな表情。垂れ目の瞳は人の胸のうちまでやんわりと見透かしているよう。手首だけがはめ込み式になっているのがおもしろい。

《あんた、顔立ちがおばあちゃんによぉ似てるわ。男はんにしては小柄やな。それもおばあちゃ

ん似やろか。ホホホ……》
照明が暗く、このガラスケースの辺りだけが陽炎のように白っぽく輝いている。そんななか、なにかに取り憑かれたかのごとく微動だにせず、口をあんぐり開けたまま、三十男が呆然と突っ立っている。
お多福人形はありったけの笑みを浮かべ、慈愛に満ちた眼差しをそそいだ。雄二は声を出そうとするも、それができない。なんだか金縛りに遭ったような感覚だ。
しばし無言で向き合ったたままだったが、お多福人形がおもむろに口を開けた。
《あて、お福と言いますねん》
そう言って、あろうことかぽつぽつりと喋りはじめた。

☆　☆　☆

まずは自己紹介させてもらいますわ。あて、大阪の法善寺横丁にあったぜんざい屋「めをとぜんざい」のガラス張りの飾り窓に鎮座していたお多福人形ですねん。水掛け不動さんの横にある、いまのお店とちゃいまっせ。昔はべつのとこにあったんだす。

あてがいつ生まれたのかはよぉわかりませんねん。あんたの目の前にある説明文には、「十六世紀、室町時代」となってますわな。はて、どうなんかな。なんでも菅楯彦という日本画の絵描きさんが「江戸時代の作。もう五十年古かったら、国宝級」とお墨付きを与えてくれはったそうですわ。江戸時代やら、室町時代やら、ホンマ、あての生年月日をちゃんと教えてほしいわ。生まれた場所もはっきりわからへん。ただ、気ィついたら、ミナミは八幡筋と笠屋町筋の角にあった古手屋で売られてましたんや。古手屋ちゅうのは、古着や古道具などを扱うてる店だす。せやから、自称、大阪生まれ。あんたとおんなじ浪花っ子や。

図体がごっついから、これみよがしに店頭に置かれてたんやけど、売られる身とあって、なんとなく惨めやった。そんなあてがメリケンさんの宣教師の目に留まり、買われそうになったんだす。メリケンさんちゅうたら、米国人、アメリカン、アメリカ人のこと。たしか明治十六（一八八三）年のことだした。

そのとき異人の手に渡してたまるかいと、なんぼか知らんけど、大枚をはたいて買うてくれはった人がいたんだす。それが木文字重兵衛はんというお方。島之内生まれの生粋の大阪人で、竹本琴太夫という芸名で、文楽の太夫、つまり浄瑠璃の語りをやってはりました。あて、こう見えても、えらい値打ちがありますねんで、ホホホ。

この人、文楽のかたわら、内職で法善寺境内にあった藤棚の下で茶店を出してはったんやけど、境内を整理せなあかんちゅうことで立ち退きになり、浮世小路との角でぜんざい屋をはじめはった。いまでは「法善寺横丁」と呼ばれてるけど、物書きの長谷川幸延さんが昭和十五（一九四〇）年に文芸雑誌の『オール読物』で「法善寺横丁」と書きはるまで、ずっと「法善寺裏」で通ってましたんや。その路地の南側が「参道」で、「縁切れ横丁」とも呼ばれてたんだす。

重兵衛はん、店を開くに当たって繁盛するようにと、まねき人形のような置物を探してはって、さいぜん言うた古手屋であてを見染めはったわけだす。さっそく店の飾り窓に置いてくれはりましてなぁ。まぁ、マスコット人形といった感じでっしゃろか。ホンマ、坐り心地がよかったわ、ホホホ。

そのころ、法善寺横丁には紅梅亭と金沢亭という落語の定席が二軒も並んでましたんや。ぜんざい屋は、金沢亭の西隣りにおました。芝居小屋が軒を連ねる道頓堀へと通じる、浮世小路の角に店舗を構えてましたんや。

お多福人形にちなんで、店の屋号を「お福」とつけてくれはったくらいやさかい、ホンマに〈おたやん〉冥利に尽きますわ。

せやせや、あんた、若いさかい、〈おたやん〉言うてもわかりまへんわな。いまでは死語になってるかもしれまへんけど、大阪ではお多福人形のことを〈おたやん〉と呼んでましたんや。

〽おたやんこけても鼻打たん〜

夏祭りで、こんな囃子唄が歌われてたように、おかめ顔のほっぺたが大きく出っ張ってて、鼻のほうがはるかに低い。あての顔を見たら、よぉわかりまっしゃろ。

お客さんもあてのことを「お福さん」「お福さん」と呼んで可愛がってくれはった。

そう言えば、開店してからしばらく経って、道頓堀の芝居小屋の中座で火事がありましたんや。明治十七（一八八四）年の暮れやった。店にも火の手がまわり、そら、えらい騒ぎやった。あての目の前まで火が迫ってきて、こら、もうあかんと観念した、まさにそのとき、重兵衛はんがあてを布団に包んで助け出してくれはった。九死に一生を得るとはまさにこのことだすな。大枚をはたいて〝身請け〟してくれ、そのうえ命の恩人だす。ホンマに精一杯、奉公せなあかんと心底、思いましたわ。

火事の翌年、店を再建してから、家庭に電灯がついて世のなか明るうなったと思うたら、コレラが大流行（はや）りしたり、西方の新町で大火があったり。新町では芸妓さんがぎょうさん亡くなりはったわ。

ほんで、明治二十八（一八九五）年に重兵衛はんが五十八歳で亡くなりはってから、娘のカメさんが店を仕切ってはった。そのとき二十三歳くらいやったか、なかなかの器量良しで、しっかりモン、気丈な明治女丸出しやった。客足は引きも切らず、順風満帆。

看板娘のカメさん目当てに寄席芸人もぎょうさん来てくれはってなぁ。「カメちゃーん、いてるかぁ」と。ファンクラブができるんちゃうかと思うたほどでしたわ。

「店が繁盛したら、〈おたやん〉が汗をかく」

そんなアホなことあるかいと思うてはるでしょうが、それがホンマやった。戦場（いくさば）のようになってる店のことが心配で心配で、あて、ヒヤ汗かいてましたんやで。

☆　　☆　　☆

初対面の人物にいきなり怒濤のごとく喋りはじめたお福さんはかなり興奮気味で、動悸で胸が激しく脈打っていた。こんなことはかつてなかった。なにせ人間に語りかけたのは久しぶりのこと、無理もない。溜まっていた分を吐き出したかったのだろう。

そのお多福人形と対峙している雄二の方は依然として、直立不動のまま。

☆　　☆　　☆

ここからあんたのおばあちゃん、フクさんとのことを話しまひょ。せやせや、あての大阪弁は、ひと昔、いやふた昔前の古い言葉でっさかい、あんたがわかるようにできるだけいまふうの言葉で話すように努力しますよってに。というても、最近の言葉を勉強してまへんねん、ホホホ。見ての通り、あて、おちょぼ口なんやけど、生来の喋りやさかい、いったん口を開いたらなかなか止まりまへん。覚悟して、黙ったまま聴いといておくれやす。

☆　　☆　　☆

こんなふうにお福さんは前置きし、ひと呼吸ついてから、雄二の顔を見つめて話しはじめた。

☆　☆　☆

フクさんと出会うたんは明治の末期だした。詳しく言うたら、明治三十四（一九〇一）年の春先やった。フクさんが十歳のとき。どことのう、〈おたやん〉に似てたわ、ホホホ。そないにおかめ顔ではなかったけど、鼻は低く、デボチンが広い。デボチンは大阪弁だす。標準語やったら、おでこのこっちゃ。ホンマに愛嬌のある顔立ちで、実際に愛嬌のある可愛い女の子だした。

フクさんは、芸事の好きなお父さん、つまりあんたの曾おじいちゃんに金沢亭に連れてこられ、その帰りにぜんざい屋に立ち寄ってくれはったんだす。

青い鉄柵に囲まれた「めをとぜんざい」の白抜きの大きな文字が浮かび上がる、細長い提灯をチラッと見てから、右手の浮世小路に面した飾り窓に視線を流し、セメントに小石をはめ込んだ台座に坐っている〈おたやん〉、つまりあてを興味深くしげしげと見つめてはったわ。薄暮ゆえに十燭光の裸電灯の下でうずくまっているように見えたはずだす。

自分で言うのもなんやけど、「法善寺のシンボル」と言われてましてなぁ。そんなあてとはじめて対面し、フクさんの顔がパッと和らいだ。ほんで視線が合うた瞬間、あて、いきなり声をかけたんだす。

《ようお越し。フクさん、あんさんを待ってましたんやで》

〈えっ！〉

フクさんはびっくりしてはった。しばし呆気(あっけ)にとられ、あての顔に目を据え、その目を点にして立ち尽くしてたら、「フク、なにしてるんや」とお父さんに手を引っぱられ、ドブ板を飛び越え、茶色無地の暖簾をくぐりはった。

ほの甘い香りが漂う店のなかはほぼ満席だした。高さ三十センチほどの畳敷きがコの字型に設(しつら)えられてあって、土間に足をつけたまま腰をかけてもええし、上がり込んで坐ってもええ。

「ちょっと、すんまへんなぁ」とお父さんが席を詰めてもらい、フクさんを畳敷きに上がらせ、自分はちょこんと畳敷きの縁に腰をかけはった。

日本髪を結うた、見るからに闊達(かったつ)なカメさんが「はい、お待っとーさん」と持ってきたぜんざいは、淡い黄土色のお椀に入ってましたんや。お多福人形のあてを誇張した、ひょうきんな女子(おなご)の顔がお椀の縁に描かれてある。底が浅いので、見た目は皿のよう。それがふたつ。しかもふつうのぜんざいに入ってる白玉ではのうて、小さめの角餅がそれぞれふたつずつ浮かんでて、小豆(あずき)が多く、汁が透き通ってますのや。

ぜんざい二杯を一人前で出してたのが、この店の特徴だッ。まぁ、いまで言うところの差別化でっしゃろか、ほかのぜんざい屋とちゃうことをやりたがってはったんやな。重兵衛はん、なかなかのアイデアマンや。

のちにあてを有名にしてくれはったオダサクさんが昭和十五年に発表しはった小説『夫婦善哉』のなかでうまいこと描写してはります。オダサクさんちゅうのは、大阪が生んだ小説家、織田作之助のこと。もちろん、知ってますわな。原文のまま言いまっせ。

「一杯山盛するより、ちよつとずつ二杯にする方がぎようさん入つているやうに見えるやろ、そこをうまいこと考えよつたのや」

それが評判となって、知らん間に店の名も、「お福」から「めをとぜんざい」と呼ばれるようになりましたんや。

オダサクさんは、その小説のなかでこんなことも書いてはります。

「一つより女夫（夫婦＝めおと）の方が良《え》えいふことでつしやろ」

夫婦《めおと》ということで、最初は片方のお椀に白いお餅、もうひとつのお椀に赤いお餅を入れてましてん。紅白やったらめでたいですわな。それが、しばしば赤い餅が足らんようになり、それやったら、「めお（を）と」にならへんということで、白餅だけになったんだす。

ぜんざいの値段は最初が一銭、フクさんが最初に来はったころは、たしか三銭だした。大正時代のはじめには五銭、昭和十（一九三五）年ごろは十銭になりました。すうどんの値段と一緒にしてはったわ。ぜんざいのほかにも、金時、おはぎ、小倉、雑煮なんかもお品書きに入ってましたんやが、やっぱり「めをとぜんざい」いうたら、ぜんざいで決まりですな。安うておいしいと大評判やった。

あゝ、イヤやわ、よけいな話を喋りすぎました。あての悪い癖ですねん。すぐに脱線してまう。

ここで話を戻しまひょ。

フクさん、じっくり観察するような眼差しでお椀のなかをのぞいてたら、カメさんから声をかけられましたんや。

「お嬢ちゃん、お餅、熱いさかいに気ィつけて食べとくんなはれや。ほな、ごゆるりと」

甘いモンに目のないフクさんは胸を昂ぶらせ、朱塗りの箸を不器用ながら操り、お餅の上に小豆をのせはった。

「いただきまーす」

フーフーしながら、ひと口すすったら、

「でや、うまいやろ」

お父さんの自慢げな声にウンウンと頷き、生まれてはじめてかくも上品な甘さを味わうことのできた悦びに心をときめかせてはりましたわ。同時に、幸せとはこういうことなんやなぁと幼心に思うてはった。

「この三盆白（さんぼんじろ）を指でなめてみぃ」

朱塗りの盆の上にほんの少し上白糖（じょうはくとう）、つまり細かい上等の砂糖がついてますのや。それが三盆白。店のおもてなしですねん。フクさんが左手の中指を舌で湿らせ、それをつけて口に入れはった。

「ほーっ！」

ぜんざいの甘さがさらに引き立てられ、お椀に残っていた分をあっと言う間に飲み干しはった。満足してお茶を飲もうと手にした備前焼の湯呑みにも、おんなじ〈おたやん〉の絵柄が入ってますのや。えらい凝ってまっしゃろ。湯呑みに口をつけたフクさんは一人前では足らへんかったけど、我慢しはった。

お父さんが勘定しているあいだ、カメさんからまた声をかけられた。

「お嬢ちゃん、おいしかったやろ」

「うん、こんなおいしいのんはじめてやった」

満足げな顔を見せるフクさんのオカッパ頭をカメさんが小さな手でそっと撫でた。

「また、お父ちゃんに連れて来てもらいなはれや」

ふたりのやり取りを聞いていたお父さんがカメさんに顔を向けはった。

「あんた、ホンマに愛想ええなぁ。噂に聞くカメさんやな。これからも贔屓にさせてもらうわ」

「わぁ、恥ずかし。おおきに、おおきに」

カメさんの顔がいっぺんに紅潮したわ。

店を出たときに、フクさんはもう一度あてと向き合うてくれはった。あての左手には素焼きの皿に洗い米が盛ってあって、それをじっと見つめているフクさんに、言葉をかけようとしたんやが、お父さんの声に遮られましたんや。

「フク、この〈おたやん〉、お福さんちゅうねん。おまえとおんなじ名前や。店のまねき人形なんやで」

親子にジロジロ見つめられ、あてはドキッとしましたがな。

フクさんは知らん間にあてに手を合わせ、心のなかでつぶやきはった。あてにはそれがちゃんと聞こえた。なかなかすごい能力でっしゃろ。

〈きのう、ささいなことで喧嘩した幼なじみのハナちゃんと仲直りできますように〉

あて、その願い事をしかと受け止めましたで。翌朝、その子が「フクちゃん、ごめんな」と謝りに来たので、ホンマに驚いてはったわ。

〈ちゃんと願い事を聞いてくれはるんや〉

それ以来、フクさんのなかであての存在感が日増しに大きなってきましたんや。

フクさんのおうちは末吉橋（すえよしばし）のたもと。そこから法善寺まではそう遠くありまへん。幼い子の足でも二十分もあれば来れる。というても、法善寺界隈は、昼間は観光客や参拝者でにぎわい、夜は歓楽を求めて酔客や落語を聴きに来る人が行き来し、ゆめゆめ子どもが足を踏み入れるところやあらへん。せやから、フクさんは休みの日の人通りの少ない午前中に、親に内緒であてに会いに来ては、諸々の願い事をしてはった。

それまで他人様（ひと）に手を合わされたことなんかなかったさかい、正直、とまどうた。ましてや、まだちっちゃい子。その健気さに胸を打たれ、あては必死になって、願い事が叶うよう神通力を出してましたんや。お多福人形は神サンとちゃうから、神通力ちゅうのも変ですわな、ホホホ。

まぁ、なんでもよろしいやん。

その力、出すのん、結構、体力要りまんねんで。フクさんが去んでから、いつもぐったりしてましたわ。せやけど、祈願成就して喜んではるあの娘を見ると、よっしゃ、つぎ来たときもちゃんと神通力を出したげよと思うようになってきましたんや。

〈裁縫がうまくなりますように〉

〈学校の成績が上がりますように〉

〈お父ちゃんとお母ちゃんの喧嘩が収まりますように〉……。

あゝ、いじらしかったわ。

一番、効果があったんは、〈お金がたまりますように〉と祈願しはったときやった。あて、それこそ全エネルギーをそそいでこう言いましたんや。

《おうちに帰るまでにええことありまっせ》

その言葉通り、松屋町筋で五銭硬貨を拾いはった。フクさん以上に、あての方が驚きましたがな。神通力はホンマもんなんやと自信を持ちましたわ。この件で、フクさんは、あてに対する信頼を絶対的なものにし、願い事だけやのうて、相談事もちょくちょく持ち込んできはったわ。

あてとの〈やり取り〉は秘め事として、家族にも大の友達のハナちゃんにも言わず、小さな胸のうちに留めておきはった。そらそうでっしゃろ、お多福人形が言葉を発し、願い事を叶えてくれるなんてことを言おうものなら、変人扱いされるに決まってまっさかいに。

☆　☆　☆

ここでお福さんは雄二から視線をそらし、苦笑いした。

お多福人形のつぶやきがこの男にわかっているのだろうか。傍目には呆然と立ち尽くしているようにしか見えない。けれども不思議なことに、雄二はほんわかと温もりを感じていた。ガラスケースに鎮座するお多福人形と対峙し、身体が動けず、口もきけない奇妙な状況を頭のなかでは理解できていたが、この呪縛から脱することができなかった。

〈これはいったいなんやねん。そもそも、お福と称するこのお多福人形はなにモンや。なんでおばあちゃんのことあれこれ知ってるんや〉

疑問がつぎつぎと脳裏に湧き上がってきたが、言葉にすることができない。動けないのは苦しいけれど、気持ちは媚薬を飲まされたようにどんどん和らいでくる。こんな感覚、いままで味わったことがない。こうなれば開き直って、お多福人形に身を委ねるほかはないと腹を括り、耳を研ぎ澄ませた。

☆　☆　☆

歳月が流れ、大正元（一九一二）年、フクさんは長吉さんと結婚しはった。あんたのおじいちゃんや。

長吉さんはやり手だしたわ。心斎橋筋の染物屋で丁稚奉公をし、番頭になった直後の三十歳のときに暖簾分けを許され、上六（上本町六丁目）で「京仙」という屋号の染物屋を興しはった。どんどん商いを広げ、気がつくと、五人の職人と丁稚を使うまでになってましたわ。

　そんな長吉さんとの縁組みのときも、フクさんがあてに相談しに来はりました。なんせ後妻とあって、気おくれしてはったさかい。病弱やった先妻さんとのあいだには子が恵まれず、あっ気なくあっちの世界へ逝きはってなぁ、すぐにフクさんとの見合い話が持ち上がりましたんや。

〈幸せな結婚生活を送れますやろか〉

あて、懸命に手を合わせるフクさんを諭しました。

《心配ない、心配ない》

　その言葉で気が楽になりはったようで、亭主関白丸出しの長吉さんと祝言にのぞみはった。結婚後も、ひたすら商売繁盛の祈願をあてにしてはった。商売の神サン、今宮の戎神社よりもあてを頼りにしてはったから、びっくりしてもうたわ。それが通じたのか、店はうなぎ上りに栄えていった。戎神社よりも効き目があるんや、あてのパワー！

　せやけど、長吉さんの女遊びまでは力が及ばへんかった。孫のあんたにこんなこと言うてええんかどうか知らんけど、〈手掛け〉を三人も囲うてはった。〈手掛け〉ってわかる？　お妾さん、二号さんのこっちゃ。関東では「目をかける」ので、〈目掛け〉から〈妾〉になったんやけど、大阪では「手をかける」から、〈手掛け〉。即物的でわかりやすい。おもろいわ、大阪弁は、ホホホ。

そのひとり、二十歳の女子（おなご）とは別れ話がこじれて家のなかにまで火種を持ち込んだこともあったんやが、フクさんはグッと耐え抜きはった。幼いころは貧しさを常とし、縁あって二十一歳のときに長吉さんの後妻に収まるや、店のモンから「ご寮（りよん）さん」といわれるわが身を幸せに感じ、旦那がよそで女をなん人作ろうが、あの人はあの人、うちはうち、関係おまへんと開き直り、ひたすら冷静さを保ってはりましたなぁ。

そうするしか生きる術がないと自分に言い聞かせてはったんだす。まぁ、五人の子どもを授かったんやさかい、善しとせなあかんちゅうことだすな。ヤキモチ焼きのあてやったら、絶対に無理やけど。

フクさんはあてに胸のうちを吐露するときは、必ずぜんざい屋「めをとぜんざい」の暖簾をくぐってはった。看板娘のカメさんはたくましい女将になり、フクさんが子たちを連れて来ると、えらい喜んではった。

「お子さんたち、大きなりはりましたなぁ。あんたもええお母ちゃんになりはって。あてが年齢（とし）とるのん無理おまへんわ。年齢とらんのは表の〈おたやん〉だけやね、ハハハ」

あてがくしゃみしたのを知らず、ふたりは世間話に話を咲かせてはった。ぜんざいの甘味と小豆をのせた角餅がフクさんに得もいわれぬ幸福感をもたらし、永遠にこの時間が続いてほしいと願うてはったなぁ。

ところが、ええことは長続きしまへんなぁ。結婚十七年目で長吉さんに先立たれはったんや。遊び人ながらも人一倍、健康に気を遣うてはったお人だけに、脳卒中でポックリやて。まさか大厄の四十二であっ気なく鬼籍に入るとは信じられへんかった。

旦那はんを亡くして十日後、フクさんがあてのとこへ来はった。その日のこと、情景からすべてよぉ覚えてまッ。昭和四（一九二九）年の初春の早朝だした。気分転換に、ちょっと格調高く、標準語で文学的に表現しまひょか。

雲間から斜光する柔らかな陽射しが春の朝靄（もや）を幻想的に映し出している、そんな暁の法善寺界隈。ゴミが散らばっているだけで、人っ子ひとりおらず、不気味なほどの静寂が漂ってました。その一角にある「めをとぜんざい」の飾り窓に鎮座しているお多福人形に向かって、垢抜けした和服ではなく、粗末な木綿の着物に身を包んだフクさんが小さな身体を縮こませ、神妙な顔つきで一礼してくれた。丸みを帯びたその背中に、一条の陽光が煌々（こうこう）と降りそそいでいたのが忘れられません。

あぁ、しんど、肩凝るわ。元のベタな言い方に戻しまひょ。

当時、この狭い界隈には料亭、小料理店、関東煮（かんとだき）の店、寿司屋、うどん屋、玩具店、雑貨・小間物屋などがここぞとばかり密集し、ひしめき合うてました。金沢亭と紅梅亭がともに吉本興業に買収され、落語の定席から漫才中心の寄席小屋に変わってましたわ。娯楽に飢えてた大阪の庶民がどっと押し寄せ、つい数時間前までなんとも華やいだ雰囲気に包まれてましたんや。

　フクさんが珍しく、声を出して祈願しはった。

「お福さん、あんじょうお頼み申し上げます。これから先、うち、どうしてええんか、ホンマによぉわかりませんねん」

　ワラをもすがる思いがビンビン伝わってきたさかい、あてもいつも以上に神通力を働かせました。

《とにかく、がむしゃらにいきなはれ、それしかありまへん》

　月並みな励ましやったけど、その言葉をしかと受け止めたフクさんは両手をギュッと握りしめはった。

「お福さん、うちはやりまっせ！」

　そう意気込んだものの、大黒柱の旦那はんがいなくなったいま、厳しい現実が津波のように押し寄せてきましてなぁ。フクさんの想像をはるかに超える莫大な借財が残り、すでに店舗を銀行の担保にしていたことを知り、唖然としてはった。これまで金のことはいっさい聞かされておらず、寝耳に水やったんだすなぁ。長吉さんを恨んでいるヒマなんかあらへん。なんとかせなあかん。当面、心丈夫に思えたのは、長男と次男がそれなりに働ける年齢に達してたことやった。次男があんたのお父ちゃんや。

　よっしゃ、こうなったら店をたたんで一からやり直すしかないわ。そうは思うたものの、結婚するまで、末吉橋のたもとで家業の小さな炭屋を父親と一緒に営んでいた母親に代わり、家事の一切をこなしてきたので、労働とは無縁やった。あまつさえ、結婚してからも主婦業に専念し、社会の荒波にもまれたことがまったくあらへん。そのことがなによりも不安に思え、三十八歳という年齢も気がかりやったみたいだしたなあ。

すでに家財は差し押さえられていて、「洗い張り」「湯のし」「京染め」と右下に白抜きで書かれた「京仙」の紫色の暖簾も債権者の手に渡ってましたんや。着物や金目のモンをみな売って借金のかたに充ててはったんやが、それでも返済がままならん。複数の知人に頭を下げ、なんとか金を借りてその場をしのぎはったんやけど、とうとう家を手放さざるを得なくなったんだす。

母子六人が路頭に迷うた。えらいこっちゃ！　そのときフクさんが居ても立っても居られず、ふたたびあての元へ駆けつけて来はった。悲壮感があふれてましたわ。

〈なんとかしてくださいな！〉

このときばかりは、あて、かつて見せたことのない慈愛に満ちた眼差しをフクさんにそそぎましたがな。

《あんさんを助けてくれるお人が絶対、いたはります》

フクさんはホンマかいなといった表情をしてはったけど、翌日、長吉さんに世話になったという人物が現れ、鶴橋に安い家賃の長屋を見つけてくれはりました。

〈おおきに、おおきに。お福さん、あんたはやっぱり頼りになるお人やわ〉

鶴橋の長屋で法善寺の方角を向いて、何度も何度も手を合わせてはった。その言葉を聞き取ったあては苦笑いや。あて、人間とちゃうんねんけど……。

フクさんとどんどんだけ離れていようが、あてにはあの人の心を読み取る能力があり、それがどんどん増してきつつあるのを感じてました。不思議なことに、この〈やり取り〉ができるのは、この世にフクさんしかおりまへん。

ともあれ、これで家族がひとつ屋根の下で肩を寄せ合って暮らしていけることができ、あても心底、安堵しました。

〈さぁ、あとは仕事を見つけて、金を稼がなあかん〉

フクさんは俄然、気力をみなぎらせはった。同時に、「ご寮さん」「ぼんぼん」「お嬢さん」と家族のみなが職人や丁稚から慕われていたあの優美な日常が、すべて幻やったように思えてきはったみたいだしたわ。

☆　☆　☆

ここでお福さんは突然、口を閉ざした。雄二のほかには来館者がいなかった百河豚美術館に、東京から来た五人連れの観光客がぞろぞろと入ってきたからだ。その瞬間、雄二は金縛り状態から解放され、肩で大きく息をした。

五人が、ガラスケースの前で突っ立っている男を黙殺し、みなそろってお多福人形に見入った。

「ちょっと不気味な人形だね」

「お多福人形ってなーに？」

「ほっぺたが出っぱてるのがおかしいね」

みな口々に喋り、早々に引きあげていった。

それを見計らって、お福さんは笑みを見せ、またもつぶやきはじめた。その途端、雄二の身体が固まった。

☆　☆　☆

他人様に見られたら、具合が悪いさかい、展示品にならなあきまへんねん。えーと、どこまで喋ったんやろか。せやせや、鶴橋で家を見つけはったとこだしたなぁ。

数日後、フクさんが歩いて法善寺まで出向いてきはりましてなぁ。てっきり「めをとぜんざい」に入るんかと思うたんやけど、あての前で足を止めはった。久しぶりにあのぜんざいの味に浸りたいと思うてたはずやし、カメさんとも会いたかったはずやのに、窮乏の身とあって、我慢するしかなかったんだすな。
<お福さん、なんぞ、あてにできる仕事、おまへんかいな>
祈願というより相談事やった。いきなり言われると、さすがのあても焦りましたがな。うーん、うーんと眉間にしわを作って、精神を統一させたら、ピンと閃いた。

《吉報あり！　それもまぢかでっせ》

キョトンとするフクさんが、なに気にそばの電信柱に視線を流したら、そこに求人広告が貼ってあった。それはミナミの千年町にある料亭の仲居募集やった。

〈これか！〉

迷うことなく、その足で料亭へ向かいはった。直後、ぜんざい屋から箒を手にして出てきたカメさんが、小走りで法善寺横丁を去っていく女性のうしろ姿を目に留めた。

〈あれはフクちゃん……、いったいどないしたんやろ。最近、とんと店に来えへんようになって……。なんぞあったんかいな〉

料亭に着いたフクさんはすぐに採用され、翌日から働きはった。商家の「ご寮さん」やったという矜持をいっさいかなぐり捨て、がむしゃらに仕事に励みはった。そうこうするうち、自分は結構、接客に向いてることがわかってきはったようでしたなぁ。愛嬌があり、しなやかな応対が酔客を喜ばせ、「あの仲居、えらい愛想ええな」と評判になりましたわ。

それに、〈心づけ〉が思いのほか入った。チップのこと。あの手の仕事は、給金よりも〈心づけ〉が収入増に結びつくだけに、フクさんはますます愛嬌を振りまきはった。ときには「あんた、独身かいな。わしのこれにならへんか」と小指を突き立てる輩もいたんやけど、色恋沙汰はご法度と自分に言い聞かせ、「すんまへん。ええこれがいてますねん」と親指を突き立て、虚言を放って笑いでかわしてはりましたわ、ホホホ。女を封じ込め、肝っ玉母さんになる覚悟がありありやった。
長男と次男は印刷屋に丁稚奉公に出て、長女は裁縫の内職をしながら、次女とともにまだ二歳にも満たん末っ子の世話と家事のいっさいを受け持ってはった。まさに家族総がかり。そうせんと生きていかれへんかった。

せやせや、フクさんだけやのうて、もうひとり、あてに祈願してたお人がいてはりましたわ。さいぜん言うたオダサクさんですわ。

旧制高津中学生のころ、授業を終えるや、ちょくちょくミナミの映画館へ駆けつけ、上映終了後に「めをとぜんざい」へ立ち寄って、映画の余韻に浸りながら、満足げにぜんざいを味おうてはりましたなぁ。またあるときは、級友たちと映画談議に花を咲かせてはった。「ルネ・クレールはええなぁ」とか、「演出が甘いわ」とか、「あの女優の笑顔に魅せられてしもた」とか、口角泡を飛ばして……、ホホホ。青春の一ページだすな。

ひょろりと背の高いオダサクさんが法善寺界隈に来ると、ひときわ光彩を放ってたので、否が応でも目に留まりましたわ。ほんで、ぜんざいを食べたあと、あてに手を合わせてはった。

〈将来、いっぱしの文士になりますように！〉
〈もっと文才を与えてくださいな！〉
〈第三高等学校へ入学できますように！〉

いじらしいというか、ここまでひたむきになりはったら、無碍にできませんがな。あて、人情家ですねん。ほんで、できるかぎり持てる力を文学青年に与えたんやけど、ちゃんと効力を発揮したのかどうかはわかりまへん。フクさんとは感触が全然、ちゃうかったさかい。のちに作家として大きく羽ばたいていった、その陰にはあての存在が少なからずあったと思いたいとこやねんけど、はて、どやろか。

まぁ、それはさておき、オダサクさんが随筆であてのことを書いてくれはったのはうれしかったなぁ。それもえらい持ち上げてなぁ。のちの昭和十五（一九四〇）年に刊行された随想『大阪発見』の一文が忘れられまへん。こんな一文ですわ。

「ややこしい顔をしたお多福人形は単に『めをとぜんざい』の看板であるばかりではなく、法善寺のぬしであり、そしてまた大阪のユーモアの象徴でもあろう」

あゝ、照れくさっ！　ややこしいちゅうのはよけいやけど、あて、そないにおもろい存在やろか？

すんまへん、また脱線してもうたわ。閑話休題——。

半年ぶりにフクさんが五人の子たちを連れ、法善寺横丁の「めをとぜんざい」で美味なぜんざいを味わい、カメさんとの再会を悦びはった。事情を知ったカメさんはびっくりしてはった。

「えっ、あんた、大変やったんやなぁ。うちに相談してくれはったらよかったのに。水臭いなぁ」

「へぇ、かんにん、かんにん。せやけど、ちゃんとお福さんには相談させてもらいましたさかい」

思わずフクさんの口から出た言葉に、カメさんがきょとんとしてはりましたわ、ホホホ。

満足して店から出たフクさんは、子たちを先に帰らせ、あての前に立ちはった。

「久しぶりだすなぁ。なんやかんやと忙しゅうて、なかなかここに来れまへんでした。お福さんのおかげで、仕事が見つかり、なんとかやってまっさかい。おおきに、おおきに。これからもあんじょうお頼み申し上げます」

あてに感謝の気持ちを告げはったその日、海の向こうのニューヨークで未曾有の事態が起きてましたんや。昭和四（一九二九）年十月二十四日の「暗黒の木曜日」。世界恐慌と呼ばれる株の大暴落だすわ。あて、時事問題とか歴史とかにも、それなりに精通してますねん。

そんな暗雲をよそに、人口で東京を抜いて日本一の大都会になってた大阪では、『道頓堀行進曲』の景気のええメロディーが盛り場に流れ、ハイカラな衣装を身に着けたモダンボーイ（モボ）とモダンガール（モガ）が街中を闊歩し、市民は〈大大阪時代〉を謳歌してましたわ。

せやけど、世界恐慌が日本に押し寄せてくるまでそないに時間がかからへんかった。その年の暮れには東京の帝国劇場が経営難に陥り、各地の工場でも一時解雇が相つぎ、就職難で私娼に身を落とす女性が急増していることが新聞で報じられてましたなぁ。

大阪もよぉ似た状況になりつつありました。いや、商都だけに、いっそうダメージを受けた。日に日に街から活気が失せてゆくようで、大阪人のだれもが重苦しさを抱え込んでるようだしたわ。それに軍人さんの姿がめっぽう増えてきたのも暗鬱とした雰囲気に拍車をかけてましたなぁ。そうした世相を反映させた、大阪の映画会社、帝キネ（帝国キネマ演芸）の傾向映画『何が彼女をそうさせたか』がヒットしたのもそのころやった。あて、いろいろよぉ知ってまっしゃろ。

まぁ、暗い時代やからこそ、大阪人はことさら歓楽と娯楽を求めてましたわ。道頓堀、千日前、法善寺といったミナミ界隈は、これぞ反逆精神、諧謔（かいぎゃく）精神というか、太平洋戦争の勃発直前までかえって賑わいを見せてましたんや。

漫才のエンタツ・アチャコ、知ってますやろか。知らんかな？　そのふたりが、金沢亭から名を変えた法善寺の南地花月（なんちかげつ）に初出演したのは二年後の昭和六年のことで、絶大な人気を博したこのコンビを見ようと連日、お客さんがぎょうさん演芸場に詰めかけてました。道頓堀には、カフェー赤玉、カフェー丸玉がオープンし、不夜城のごとき様相を見せてたんだす。

そんななか、フクさんが勤めてた料亭が度重なる食中毒が原因で、その流れから取り残されましたんや。悪い風評が広がって客足がしだいに遠のき、年明け早々に閉店の憂き目に遭いはってなぁ。解雇やのうて、突然の職場消失だす。当てにしてた暮れの給金すらもらえなんだ。あんだけ繁盛してたんやけどなぁ……。ホンマにまたたく間の出来事で、旦那はんを亡くしはったときとまたもおんなじ境遇になりはった。

　職を失いはったフクさんは、その日にあてのとこへ駆けつけてくれはりましたわ。夕暮れどきだした。フクさんが法善寺横丁に足を踏み入れたとき、「めをとぜんざい」のカメさんとばったり出くわしはった。

「フクちゃんやないか。なんか顔色、悪いで。なんかあったんか」

「わっ、カメさん……」

　フクさんの生気のない顔を見て取ったカメさんが手を引っ張って店へ連れて行き、ぜんざいをご馳走しはったんだす。その親切心にフクさんは頬を濡らしながら、お椀を手にしてはった。ほんで、事情を知ったカメさんはわが事のように心配してはりましたわ。

「あんたは根が強いお人でっさかい、大丈夫だす。しんどなったら、いつでもぜんざいを食べに来なはれ」

「カメさん、おおきに、おおきに。久しぶりに美味しいぜんざいを口にしたら、急に元気が出てきましたわ」

　お世辞ではなく、ホンマにそう思うてはりました。気持ちが楽になったフクさんは表に出ると、まわりにだれもおらんのをたしかめ、あてに向き合いはった。そのとき、背後から湿った女性の声が飛んできたんだす。

「フクちゃん、なにしてるのん」

声の主は、勤めていた料亭で皿洗いをしてた、お菊という年増の女やった。よぉ口の動く、ざっくばらんなお人やけど、含み笑いのなかにどこか得体の知れん不気味さを湛(たた)えてて、フクさんはそれなりに距離を置いてはった。

「あっ、お菊さん……。いやぁ、べつに」

あてに願掛けしてる姿を見られずによかったと安堵してると、その菊さんが上目づかいにフクさんを見つめはった。

「あんた、これからどうするつもりなんや。この不景気、どこも募集なんかしてまへんで。どっか探してはるんやったら、ええ働き口を知ってるんやけど」

「働き口」の言葉にフクさんが敏感に反応しはった。

「どこぞええ働き口、あるんでっしゃろか」

「それがあるねんわ」

菊さんが例の含み笑いを見せ、耳元で囁くように説明してはりました。

話を聞き終えたフクさんは、ちょっと顔を赤らめて逡巡してはったんやけど、思いのほか実入りのええことがわかり、あてに願掛けするのも忘れ、そのまま菊さんに引き連れられるがごとく、千日前から西方の玉船橋(たまふねばし)行きの市電に乗りはった。ほんで、大正橋で乗り換え、ふたつ目の松島町一の停留所で下車しはったんだす。

雄二の視線は相変わらず、喋り続けるお多福人形の小さな目にそそがれたままだったが、言っていることはすべて把握できていた。

時間がどんどん流れているように思えたのに、実際は五分ほどしか経過していない。お福さんが喋るのを止めたときは、時間が完全に止まっている。まるでSFの世界にいるような奇怪な時と空間が雄二を包み込んでいた。

お福さんの独白はなおも続く――。

☆　☆　☆

そこは別世界やった。日本旅館のような和風家屋と洋風の建物が入り混じって立ち並ぶ長い通りにぼんぼりが妖しく灯ってて。三階建てに統一された家並みはしっとりとした風情があるんやけど、女衆（おなごし）には生理的に違和感を抱かせる空気を濃厚に放うてましたわ。

男にしなだれて歩いてる女子（おなご）、鼻の下を伸ばしあちこちで呼び止められてる男はん、上がり口、えーと、いまの言葉で言うたら、玄関や、そこで「兄さ～ん」と猫なで声で呼び込んでる艶めかしい遊女……。法善寺とはなにもかも違うてましたわ。

はじめて目にする淫靡（いんび）な情景にフクさんの足がピタッと止まった。

「はよ、来なはれ」

菊さんが振り返って、フクさんに近づきはった。

「心配せんでも、すぐに慣れるさかい」

〈ここが松島遊郭か……〉

亡くなった長吉さんからその名を聞いたことがあったんだす。あんた、もうええ大人やさかい、遊郭ってなんかわかりますわな。

松島は明治初年に開設された遊郭で、妓楼が二百軒を優に超え、娼妓はざっと三千人を数えたそうだす。そのころ〈東京の吉原〉に対し、〈大阪の松島〉と称されてましたんやが、規模では日本一やった。欧州大戦、えーと、第一次世界大戦のこっちゃ、その前後からとみに栄え、西側の九条界隈を含め、「第二の千日前」と呼ばれるほどの賑いを見せてました。


〽意気な三尺、尻垂れ結び、鼻唄プイプイ九条行き〜


こんな唄が流行り、不景気風をよそに、連夜、世の男はんが松島遊郭に足を向けてはりましたんや。

遊郭のどこか湿っぽい風に頬をなでられ、キョロキョロしていたフクさんは、大通りに面した和風の妓楼に連れていかれはった。上がり口には、「松江楼」と白抜きで大書されたえんじ色の暖簾が垂らされてた。

どことのう饐(す)えた匂いのする奥の間でしばらく待たされてから、ネズミ顔の小柄な楼主(ろうしゅ)に引き合わされはった。妓楼の旦那というたら、俠客ふうの強面(こわもて)な男を想像してたんで、拍子抜けしはったわ。あては思わず、吹き出した。

こういう場合、ふつうは「花車(かしゃ)」と呼ばれる楼主の奥さんが応対するもんやけど、三か月前に病死しはったんで、楼主自らフクさんに仕事のあれこれを説明することになりましたんや。てっきり高圧的な態度をとられると身構えてはったフクさん、意外なほど穏やかな口調やったんで、またまた拍子抜けしはったわ。

「はじめまして、楼主の立花です。助(すけ)をやってほしいのです。素人のあんたにもできると思います。愛嬌のある仲居さんだったそうで、心強いです」

店に到着してから、フクさんのことを楼主は菊さんから聞かされていましたんや。この男はん、埼玉から大阪へ流れてきはったんで、関西訛りがのうて、イントネーションも標準語だした。せやせや、「助」ちゅうのは、客を呼び込む「引子(ひきこ)」の臨時雇いのことだす。引子は「技夫(ぎゆう)」とも呼ばれ、元々は男はんの仕事やったんやけど、しだいに年増の女が多なったんや。あて、遊郭で働いたことないけど、なんでもよぉ知ってまっしゃろ。生き字引やな、ホホホ。

この店の引子が病気の姉を見舞いたいと郷里の鳥取に帰りはったんで、戻ってくるまでのあいだの代役を探しているとのことやった。そのことをフクさんは道中、菊さんから聞かされてました。楼主と菊さんがどんな間柄なのか詳しくは知らんけど、古くからの知り合いやと菊さんは言うてはったなぁ。

給金は思いのほかよかったんやが、なんせ遊郭という独特な世界の仕事やさかい、やっぱり二の足を踏みはった。そら、そうですわな。ほんで、一度、あてに訊いてみてから返事しようかと思いはった。せやけど、楼主の温厚な人柄と格式の高そうな店の雰囲気がしっくり合い、どことのう居心地がよさそうに感じはった。さらに店に入ったとき、若い娼妓とすれ違うて肩が触れた際に見せた、どこかはにかんだ笑顔がフクさんの背中を押しましたんや。

「わかりました。やらせてもらいます」

フクさんの返答に、あて、びっくりしましたがな。もちろん、楼主はいっぺんに顔をくずしはった。

「そうですか。即断してくださって、助かりました。ありがとうございます。焦らずにやってください」

住み込みでもええと言われたんやけど、五人の子を抱えている身やさかい、通いにしてもらいはった。勤務は昼すぎから夜の八時すぎまで。それ以降はべつの女性が通りに立つということだした。昼食と夕食をつけてくれるのが、フクさんにはありがたかった。あとでわかったんやが、こういう職種の女性をあの菊さんがすべて斡旋(あっせん)してはったんや。

帰宅したその夜、フクさんはあれこれと考え、さすがに寝つかれず、朝、目覚めたときは、頭がどんより曇ってた。朝食をほとんど口にせず、昼前に、「ほな、仕事に行ってくるさかい、家のこと頼んまっせ」と長女と次女に告げ、重い足を引きずるようにしてなんとか松島にたどり着いた。子たちには、ミナミのべつの料亭で働くことになったと嘘をついてはりましたわ。

前日はかなり緊張していて、まわりに目を向けるゆとりがなかったんやけど、遊郭のなかをよくよく見ると、居酒屋、小料理店、八百屋、欧風料理店、カフェー、ビアホール、理髪店、女髪結(おんなかみゆい)の店、金物屋、遊戯場などいろんな店が混在していて、娼妓や芸妓だけやのうて、市井(しせい)の人たちもごくふつうに歩いてますのや。さすがに子どもは見かけへんかったけど、昼間とはいえ、遊郭然とした風情があんまり感じられへんかった。一見、健全そうに見えるこうした雰囲気も、フクさんが生活のためと割り切って仕事に打ち込める大きな動機づけになりましたんや。

お茶漬けで昼食を取ってから、さっそく女中や娼妓に呼び込みの方法を教えてもらい、勇気を振り絞って、通りをそぞろ歩く男はんに声をかけはった。

「あのぅ、ええ子、いますよ」

蚊の鳴くような声……。背広姿の男はんは無視して通りすぎた。恥ずかしさよりも、漆黒の底なし沼に足を踏み入れたような恐怖心と言い知れぬほどの惨めな気持ちに打ちのめされ、思わずしゃがみ込んで、大泣きしはったわ。かつて「ご寮さん」と言われてたわが身がこんなことをするなんて……。その気持ちが法善寺のあてまでビンビン伝わってきましたわ。

その直後、ひとりの男はんの手がフクさんの肩にかけられた。チラッと仰ぎみると、いかにも大店の旦那といった恰幅のええ和服姿の男はんやった。

「こんな大通りで泣いてからに、姐さん、どないしたんや」

目を赤う腫らせてたフクさんの顔を覗き込んだ男が、おやっと思いはった。

「どこぞで会うたことありまへんか」

反射的にフクさんがその人の顔を見据えると、「京仙」にときどき出入りしてた染料屋の主人やったんだす。瞬時に、フクさんの身体が委縮し、両手で顔を覆いはった。幸い相手はあんまりフクさんのことを覚えてないようやったけど、フクさんはこの人物の顔を忘れてはらへんかった。応接間で何度かお茶を出した際、この男はんが愛想笑いをすると、必ず右頬の大きなえくぼが広がったのを記憶に留めてはったんだすわ。

フクさんが顔を伏せてあわてて立ち去ろうとしたら、手を握られた。

「どこぞで会うたかもしれんけど、わしの気のせぇかもしれへん。そんなことどうでもええわ。あんた、呼び込みか。それでもええわ、わしの好みや。どや、ひと晩」

この言葉でフクさんの気持ちはズタズタになり、松島遊郭から逃げるようにして市電に飛び乗りはった。半ば放心状態やった。途中、無意識に千日前の停留所で降り、足は法善寺横丁に向き、気がつくと、あての前に来てはった。

胸元を濡らすほど涙がとめどもなくあふれ出てたなぁ。こんな涙顔を見たのんはじめてだした。「めをとぜんざい」から出てきたお客さんがフクさんの惨めな姿を見て、「ええ気分でぜんざい食うたとこやのに、ゲンが悪いな」と露骨にイヤな顔を見せ、足早に去っていきはりましたわ。

「お福さん、あてはもう……」

手を合わせ、ここまで口にしはったとき、あて、もう居ても立っても居れなくなり、言葉を遮って最上級の柔和な声で囁いたんだす。

《フクさん、あんたの気持ち、よぉわかっとります。あんまり考えすぎたらあきまへん。子たちのため、家族のためと思うてしっかり気張りなはれ。しんどいと思いまっけど、いまが我慢のしどころでっせ。辛抱、辛抱――》

あてが言い終わるや否や、フクさんがきつい口調で返しはった。それも傍目を気にせず、大声で。

「お福さんはこの飾り窓で坐ってるだけでっしゃろ。うちの身にもなってくださいな。こんな仕事をしているのが子たちにわかったら、ホンマにどないしますねん。いまが我慢のしどころやと言いはりまっけど、いったいいつまで辛抱せなあきまへんねん。もうなにもかもイヤになってきたわ」

こんなきつい口調で異を唱えられたことがなかったさかい、あて、呆然としましたわ。あてから、なにかしら心に響く箴言（しんげん）を聞きたがってはったのに、素直に向き合えず、不満をぶちまけてしまいはったんやなぁ。そこまで精神的に追い込まれていたんだす。

〈うちの人が生きてくれてさえおったら……〉

「京仙」のご寮さんとして安穏と暮らしていた日々が、フクさんの脳裏に走馬灯のごとく甦ってきたんやけど、それがしかし、すぐに疾風で吹き飛ばされ、あとは堕ちていく暗い行く末しか見えてこなかったんだす。これはあかんと頭ではわかっていながら、どうしても沈み込んでいく気持ちを抑えることがでけへんかったんや。

「こんな一番肝心なときに、お福さんは辛抱せぇ、辛抱せぇとしか言うてくれへん!」

フクさんの腹立たしさが、あてにはよぉわかったんやけど、どうにもでけへんかった。その瞬間、あてから笑顔が消え、神通力がのうなってしまいましたんや。

☆　☆　☆

ちょうど区切りの良いところで、話を中断せざるを得なくなった。女性スタッフが近づいてきたからだった。

「すみません、そろそろ閉館時間なんですが……」

身じろぎひとつせず、お多福人形と向き合っていた雄二はハッと我に返り、つぎの瞬間、目をパチパチさせ、しばらくしてから大きく息を吸い込んだ。それは長時間、海に潜っていて海面に上がったときとよく似た感覚だった。

「えっ、いままでなにをしてたんやろ」

雄二は思わず声を漏らした。

「えっ、なんですか」

スタッフが怪訝(けげん)な顔をし、もう一度、閉館時間であることを告げた。

「いえ、なにもありません……。す、す、すんません」

腕時計に目をやると、ここに立っていたのはせいぜい十分程度だったのに、なんだか一日中いたような気がして、少し気だるさを感じていた。といっても、妙に心地良い疲労感だった。館内は空調が行き届いているはずなのに、雄二の額にだけ水滴のような汗が浮かんでいる。

〈なんでお多福人形が喋るんや……〉

〈夢のなかか、これ……〉

状況が呑み込めず、オドオドするばかりの雄二。去る前にもう一度、展示ケースに目を向けると、一瞬、お多福人形が手招きしたように見え、その直後、磁石に吸い寄せられるがごとく足が動いた。

お福さんは、女性スタッフが姿を消したのを見届けるや、名残惜しそうに雄二に話しかけた。

《せんど喋ってスッキリしたけど、まだまだ話し足りまへんわ。ときどきあてのことを思い出して、また富山に足を向けてくださいな。待ってまっさかい。さぁ、阪神フィーバーで燃えてる大阪に帰りなはれ》

もはやお多福人形がなにを言おうが、雄二は驚かなかった。そして一歩、展示ケースに近づいたとき、頭の上からはっきり声が聞こえてきた。

《せぇだい気張りなはれや！》

☆　☆　☆

大阪に戻った雄二は、富山の百河豚美術館に展示されているお多福人形の前で体験した、摩訶不思議な出来事を片時も忘れることができなかった。

「お福」と称したお多福人形の穏やかな声をしっかり覚えており、なによりもあの優しかった亡き祖母の過酷な人生の一端を知り得ることができたのだ。しかし、話が尻切れとんぼになり、その後、どうなったのかも知りたかった。父親に訊けば、わかるかもしれないが、やはり面と向かっては訊きにくい。

お多福人形との〈やり取り〉は、実際に起きたことなのだと思えてきたのだが、その一方でしかし、いやいや、あれは幻ではなかったのかという思いも捨てきれなかった。ファンタジー映画ではあるまいし、あんなこと、絶対に起こるはずがないと頭でわかっていたから。

とにかく説明のつかないことだらけで、あのお多福人形をこのまま引きずっていたら、頭がパンクしそうになったので、まずは現実と向き合うように努めた。具体的には仕事探しだ。

予見していたようにバブル景気の波に乗り、難なく大阪に本社のある食品メーカーに転職できた。職種は営業。あれほど営業マンはもうやりたくないと言っていたのに、営業職以外は採用できないと会社側から言われ、自分はやっぱりこの道しか選択肢がないんやと開き直るしかなかった。

その食品メーカーでは半年ほど働いただけで、その後、人材派遣会社、製薬会社、工具の製造会社などで営業職を転々とした。東京へ行くつもりはなく、すべて大阪の会社ばかり。地元で骨を埋めるつもりだった。

日々、仕事に没頭するにつれ、いつしかお多福人形のことが忘却の彼方へ……。

あっという間に七年が経ち、雄二は三十八歳になっていた。依然として独身貴族を謳歌しており、そのときは中堅の不動産会社に腰を据えていたが、バブル崩壊で会社が倒産し、路頭に迷ってしまった。とはいえ、これまでとおなじ調子で転職できると踏んでいたので、悠然としていた。

ところが、ほとんどの会社が採用を手控えており、中途採用の企業でも、よほど自分に付加価値がなければ入れなかった。自信を持って就活にのぞんだ雄二だったが、軒並み落とされ、さすがに落ち込み、人生ではじめて焦りを感じた。

〈時代が変わったんやなぁ。これまでのキャリアはなんやったんやろ……〉

十一月初旬の夜、ミナミの居酒屋でひとりでやけ酒をしこたま飲んでから、なに気に法善寺横丁へ足を運んだ。ここに来るのは何年ぶりのことだろうか。

酔客が往来する横丁でボーッと突っ立っていると、自然と富山の方角へ顔を向けている自分がいた。そこは、かつてぜんざい屋「めをとぜんざい」のあった浮世小路と交わるところだった。そのとき、記憶から消えていたあのお多福人形の姿が突如、夜空に浮かび上がり、どこからともなく穏やかな女性の声が聞こえてきた。

《富山で待ってまっせぇ〜》

翌日の昼下がり、雄二は百河豚美術館にいた。七年前とまったく変わっていなかった。すぐさま二階へ駆け上がり、あのお多福人形が鎮座する展示ケースに近づいた。

《もう、ホンマに来るのが遅いなぁ。ずっと待ってましたんやで。あてのこと忘れてしもうてからに、どんならんな》

案の定、言葉を投げかけられると思っていた雄二は、べつだん驚きもせず、お多福人形と向き合った。すぐさま金縛り状態になると覚悟していたのだが、なにも変化が生じていないことに気づき、拍子抜けした。

「お福さんでしたね。ごめんなさい、長いあいだご無沙汰しておりまして……。きょうはぼくの悩み事を聞いてほしいんです。おばあちゃんがそうしてはったように」

雄二は、かつてフクがやっていたように手を合わせていた。

《まぁまぁ、そないに気にしなさんな。ノー・プロブレム！　あんたの現状、よぉ知ってまっさ

かい》

お福さんの笑みを見て、雄二は安堵した。

《ホンマは、自分のことより、おばあちゃんのその後を知りたがってはるんでっしゃろ。でや、図星やろ》

当たっているだけに、雄二はなにも言えなかった。

☆　☆　☆

七年前の話、覚えてますやろか。

フクさんは世間知らずやったさかい、あの松島遊郭にはびっくりしはったんやろ。不満や愚痴をあてにポンポンぶつけるほどやったから、よっぽど辛かったんやろなぁ。それでも子たちのため、生活のためにと歯を食いしばり、一生懸命、呼び込みの仕事を続けてはりましたわ。楼主や芸妓から好かれ、馴染みのお客さんからも〈心づくし〉をたんともろうてはった。それはみな、フクさんのお人柄の良さからきたもんや。

こんなことあんたに言うてええんかどうかわからへんけど、やもめの楼主から言い寄られてはったわ。あのときは、てっきり後妻に入るんかと思うてたんやけど、うまいこと理由を作って断りはった。

そのうち世のなかにややこしい暗雲が漂いはじめ、気がつくと、大きな戦争がはじまった。アメリカとかイギリスとかと戦うた太平洋戦争だす。

ここでお福さんはひと息ついた。そして太い首をポキンポキンと鳴らし、言葉を紡ごうとしたら、急に口を閉ざしてしまった。女性スタッフが巡回に来たからだった。お福さんはキュッと身体を固め、元の展示品に戻った。存外に変わり身が早いのだ。

直立不動の姿勢でお多福人形にじっと見入っている雄二にチラッと視線をそそいだスタッフは、「よほど気に入っておられるんやなぁ」と心のなかでつぶやき、静々と階下へ降りて行った。

その姿が見えなくなったのをたしかめてから、お福さんはふたたび口を開いた。

☆　☆　☆

そう言えば、ぜんざい屋「めをとぜんざい」も大変やったんだす。太平洋戦争がはじまると、戦時統制でぜんざいの材料になる小豆や砂糖が手に入らんようになり、商売がでけへんようになってきましてなぁ。もうあがったりや。ホンマにしんどい時代だした。それでもなんとか一人前を十二銭で売ってはった。砂糖はあんまり使われへんから、甘うないぜんざいやった。シャレになりまへんわ。

それでも、カメさんが働きモンの養女シナさんとふたりでなんとか店を仕切ってはったんやが、そのうちどんどん戦況が悪うなってきて、法善寺に防火用水池を作ることになり、強制疎開の対象になりましたんや。忘れもせえへん、昭和十九（一九四四）年の九月のことだした。

カメさんが藤井寺の古室山（こむろやま）というとこに別邸を買うてはりまして、そこへ移ったんだす。藤井寺、知ってはるかな。まわりに古墳がぎょうさんあって、あのころはえらいのどかなとこやった。

たしか法善寺界隈で強制疎開によって最初に閉めた店が「めをとぜんざい」だした。閉店したとき、馴染みのお客さんがみな残念がってはった。一番、悔しがってはったんが、あのオダサクさんだしたわ。

古室山のおうちでは、あては奥六畳の床の間に安置されました。薄暗い部屋やった。はじめのうちはとまどうた、とまどうた。なんせいつも賑やかな人通りを見てたんで、もう寂しゅうて、寂しゅうて、なんか隠居したみたいに思えましてなぁ。まぁ、実際、引きこもってしもうたわけやさかい、その通りなんやけど。

それもこれも戦争のせいやと自分に言い聞かせ、じっと我慢して鎮座してましたんや。せやけど、住めば都とはよぉ言うたもんで、だんだん居心地がよぉなってきましたんや。

半年後、一回目の大阪大空襲でミナミ一帯が焼け野原になりました。法善寺界隈では、水掛け不動さんだけが戦災を免れ、みな焦土に……。ホンマ、疎開してよかったわ。もしあのまま法善寺に留まってたら、あて、この世にいてまへんわ。

せやせや、フクさんの話に戻さなあきまへんな。

戦時中はほかに身寄りがなかったさかい、疎開もできず、娘ふたりと末っ子の息子と一緒にずっと大阪に残ってはった。長男と、あんたのお父ちゃんの次男は兵隊に取られてたんや。

空襲があるたびに、家族四人で逃げまどうてはったわ。防空壕に入れず、鉄筋の建物の陰で身を潜めていて助かったこともありました。防空壕に避難した人はみな焼夷弾の直撃で丸焦げになってしもうて、そら悲惨やった。フクさんが働いてた松島も壊滅状態になってなぁ……。

やがて敗戦。世のなかでは、終戦の言葉が定着してるけど、負けたんやから、やっぱり敗戦ですわな。とにもかくにも、戦争が終わってホッとしましたわ。

フクさん、なんとか生き延び、鶴橋の家も運よく空襲を免れ、食糧難にはえらい苦労しはったけど、戦後の混乱期を耐え抜きはった。家族四人で鉄くずやクギを拾い集め、近くの鉄工所に売りさばきに行ってはった。それが思いのほか実入りがあったんだす。

そのうち、あんたのおっちゃんとお父ちゃんが相ついで戦地から帰還してきて、久しぶりに家族六人が勢ぞろい。ふたりの息子が無事やったことがフクさんにはなによりもうれしゅうて、闇市で米と小豆を買うてきて、赤飯を焚いてはったわ。

満州から還ってきたあんたのお父ちゃんが、戦前に丁稚奉公してた印刷会社で働き、やがて独り立ちして、谷町六丁目からほど近い、龍造寺町の長屋でひとりで印刷業をはじめはった。ほんで奉公先やった印刷会社の娘はんと見合い結婚しはってな。それがあんたのお母ちゃんや。長屋の二階で所帯を持ち、そこにフクさんを呼んで三人で暮らしてはりました。

法善寺界隈にも少しずつ人が戻ってきて、ぽつぽつ昔の店が復興してきました。カメさんの元にも、「めをとぜんざい」を再開してほしい、法善寺にお福さんがおらへんのはなんとも寂しいという声があって。ありがたいこっちゃ。

おーっ、これで法善寺に復帰できるんや。あても心がときめきましたがな。せやけど、カメさんがなかなか腰を上げてくれまへんねん。というのは、養女シナさんの息子の重吉はん、つまりカメさんのお孫さんに店を継いでもらおうと決めてはったんやが、ニューギニアで戦死しはったさかい。

カメさんとシナさんの嘆きよういうたら、もう見てられへんかった。あても涙がこぼれてしゃあなかった。お多福人形もちゃんと涙を流して泣くんやで。ふたりともすっかり気落ちして、自分らで店を再開する気も失せてしもうた……。

☆　☆　☆

ここまで話すと、お福さんはキュッと雄二に鋭い眼差しをそそいだ。その瞬間、雄二はビリッと電流が身体に走ったような感覚を味わった。それを見て取ったお福さんは、大きく息を吸い込み、言葉を紡いだ。

☆　　☆　　☆

さぁ、ここからあての流転の人生のはじまりだす。

敗戦の翌年、知人を伝うてミナミの料亭の主人が「めをとぜんざい」を復活させたいと言うてきはりましてなぁ。その人、いままで見たことないお人やったんで、あて、名前も知りまへんねん。カメさんは、意外とあっさり店の名義とあてを貸しはりました。

「こんな田舎にお福さんを引きこもらせてたらもったいないない」

先方さんのこの言葉が決め手になったみたいだした。

あてはてっきり住み慣れた法善寺に戻れると思うてましたんやが、それが戎橋の南詰めやった。店の入り口の横に飾ってもろうて、辺りを一望したら、戦前の華やかな道頓堀とはちごうて、そらひどい有り様だッッ。空襲で芝居小屋がどこもめちゃめちゃになってましたがな。そんななか、凱旋門のようなアーチ型の立派な石造りの松竹座がデンと構えているのを見て、ホンマに心が染み入りましたわ。

まぁ、なにはともあれ、故郷のミナミに戻ってこられてよかった、よかったと思いました。藤井寺の古室山もええんやけど、あてはやっぱりミナミの空気の方が好きやさかい。ただ、明治十六年以来、六十三年間もお世話になった木文字さんのご一家と離れて暮らすことになったのは辛(つら)おましたわ。

せやけど、泣き言は言うてられまへん。ここはあての新居や。そう腹を括って、えらい気張りましたんやでぇ。開店間なしは、『めをとぜんざい』が復活した」「お福さんが戻って来た」と以前の馴染み客がぎょうさん来てくれはった。すぐ近くに進駐軍専用のキャバレーがあったさかい、アメリカの兵隊さんもちょくちょく寄ってくれはった。

「ハロー！　ウェルカム、ウェルカム！」

あて、一生懸命、英語で愛想を振りまいてたんでっせ。

そうはいうても、かつての看板娘のカメさんとシナさんがおらへんし、ぜんざいの味も戦前とちゃうし、あっという間に客足が遠のいた。食いモン商売はホンマに難しい。

気がついたら、あて、蔵のなかにしまい込まれてましたんや。ぜんざい屋を開いたお方が堀江で旅館も経営してはりましてなぁ、そこの薄汚い物置小屋みたいなとこだした。真っ暗で、壁にはクモの巣が垂れていて、弦の切れた三味線やら、ヒビの入ったお琴やら、引き出しが外れてる古箪笥やらに囲まれて、えらい不気味やった。前輪のない三輪車もありましたわ。

めったに扉が開かず、ほとんど閉まったまま。雨が降ると、天井から水がポタポタ滴ってくるし、ときどきネズミが出てきて、あての低い鼻をかじろうとするわ、ホンマにワヤやったわ。古美術のあてが、いっぺんに老け込みましたがな。

なんで木文字のカメさんとシナさんがあてをすぐに引き取りにけぇへんかったんか、不思議でしゃあなかった。まぁ、愚痴をこぼしても詮ないことやけど……。

戦前、松島へ初出勤したフクさんが心をズタズタにして、あてのとこへ来はったときに、「辛抱、辛抱」と励ました言葉が、そのままあて自身に返ってきましたわ。皮肉なモンだすなぁ。せやけど、逆境こそがチャンスと言いまっしゃろ。あて、閉じ込められてたこの時期に消えてしもうた神通力をなんとか回復させようとリハビリに励んでましたんや。禅宗のお坊さんみたいに邪念を捨てて精神修行し、それと同時に、「神サン、元に戻してくださいな」とひたすら祈願！〈おたやん〉かて、神頼みしまんねんで、ホホホ。

ほんで、昭和二十八（一九五三）年やったか、蔵に押し込まれてから七年経ったとき、いきなり扉が開いて、あての顔にお陽さんが当たり、びっくりした。その直後、大きな声が飛んできましたんや。

「こんなとこで眠ってはった！」

声の主は平井正一郎さんというお方やった。この人、阪町にあったお茶屋「磯の家」のぼんち。ぼんちちゅうのは、商家の出来のええ息子のこっちゃ。阪町、わかりまっか？法善寺横丁の東門を出て、千日前商店街を越えた辺り。明治時代には南地五花街のひとつに数えられてました。五つぜんぶ言うたげる。宗右衛門町、九郎右衛門町、櫓町、難波新地、ほんで坂町（阪町）。あて、大阪の古いこともよぉ知ってますねん。あっ、また関係ないこと喋ってもうたわ。

で、その平井さんは、ＯＳＫと呼ばれた大阪松竹歌劇団や宝塚歌劇団などで演出家をしてはりましてなぁ。幼いころから、「めをとぜんざい」のお馴染みさんやったさかい、ぜんざい屋をやりたい言うて藤井寺の古室山にカメさんを訪ねてきはりましたんや。しかしカメさんはすでに三年前に黄泉の客人になってはりました。

ほんで、戦死したお孫さん、重吉さんの妹カヨさんから、あてが行方知れずになっていることを聞かされ、あわててあちこち探してくれはって、やっとこさ旅館の蔵のなかで眠ってたのを見つけてくれはったんだす。ホンマ、助かりましたわ。ドラマチックな救出劇や。

平井さんはえらい剣幕で、「殺生なことをしてくれて、どんならんな!」と旅館の大将に怒ってはりましたなぁ。

阪町も戦災に遭うて、焼けてしもうた「磯の家」の跡地で、平井さんが趣味の小道具屋を開いてはったんやけど、その店をたたんで、ぜんざい屋「めをとぜんざい」を開業しはった。

店としては、法善寺、戎橋についで三代目だす。店の外の棚に安置されたあては、「早う日本と大阪の街が復興しますように!」と祈りながら、日々、お客さんを招いてましたんや。というても、神通力はまだまだ元のようには戻ってまへんでしたが……。

ぜんざいの味は、カメさんとシナさんから受け継いだカヨさんにしっかり教えてもろうてはったんで、まぎれものう本家本元の「めをとぜんざい」の味やった。それがえらい評判で、平井さんの知り合いが店の保存会まで作ってくれはったりして、ええ塩梅だしたわ。

ところがでっせ、当時、みな腹ペコで、甘いモンに飢えてたさかい、お皿みたいな底の浅いお椀ではお腹が追っつけへんと大き目の器に変えはったんだす。値段は一人前五十円。中華そばが三十円から四十円やったさかい、ちょっと割高やった。それが原因かどうかはわからへんけど、月に二万から三万円の赤字。さすがにやってられへんと、平井さんはあっさり店をたたんでしまいはった。

結局、二年しかモテへんかった。あーっ、残念やったわ。その拍子に、回復してきたあての神通力がまた弱まってしもうたんや。

あんたが生まれたのは、そのころだした。フクさん、すっかりおばあちゃんになってはって、ふたりのお孫さんをえらい可愛がってはった。気晴らしに、ときどき好きな歌舞伎を観に道頓堀まで足を運んではりましたなぁ。そのときが一番、幸せやったんとちゃいますやろか。

フクさんは松島に働きに出るまで、よぉあてに会いに来てくれはったのに、なんでか知らんけど、ぷいと縁を切られてしもうて、ホンマ、哀しいこっちゃ。神頼みしてもしゃあないと思いはったんかもしれへん。まぁ、あては神サンでも、仏サンでもあらへん、単なるお多福人形なんやけど……。

あては、また藤井寺の古室山に舞い戻って蟄居（ちっきょ）ですわ。もう出番はないんやろか、ずっとこのままなんやろか、いや、きっとカムバックのお声がかかるはずや……。いろんな想いが胸によぎってきました。

そんな折、世間で「めをとぜんざい」がえらい注目されましてなぁ。昭和三十（一九五五）年の九月十三日に封切られた東宝映画『夫婦善哉』が大ヒットしたんや。あのオダサクさんの小説を京都出身の豊田四郎という監督さんが映画化しはった。あんた、観たことある？　浪花っ子やったら、必見でっせ。この映画にぜんざい屋「めをとぜんざい」が折に触れて映ってましたんや。

あかんたれな柳吉に森繁久彌さん、しっかりモンの蝶子に元宝塚の淡島千景さんが扮しはって。人気絶頂のふたりはまさにゴールデン・カップルやった。森繁さんの大阪弁、よろしおましたなぁ。淡島さんは東京のお人ながら、健気に大阪弁を操ってはった。プロの俳優はこうでないとあきまへん。

脚本家の八住利雄さんは、道修町生まれの生粋の大阪人やさかい、大阪情緒がはんなりと銀幕にかもし出されてましたわ。「頼りにしてまっせ、おばはん」という名ゼリフが一世を風靡したんやけど、これ、原作にはありまへん。八住さんが考えはったセリフで、それを森繁さんが軽妙に喋ってはりました。

あて、映画が大好きで、映画館に行かんでも、ぜんぶわかりますねん。不思議でっしゃろ、ホホホ。

映画の冒頭、一瞬やけど、お多福人形が映ってましたわ。途中でも、「めをとぜんざい」の店が登場する場面でちょこっと出てた。ほんで、最後、飾り窓に鎮座している〈おたやん〉の大写しで映画が終わりますのや。

「お福さんが映画に映ってる！」とよぉ言われました。せやけど、あれはあてとちゃいますねん。ちゃんと見たらわかると思うけど、あて、あんなに目が大きないし、肌もテカってない。あのお多福人形は映画や演劇の小道具を作ってる会社から借りてきたモンらしい。映画会社があての居場所を突き止めてくれてたら、銀幕デビューできてたのになぁ……。そう思うと、残念で、残念でなりまへん。

この映画を観て、全国から法善寺にぎょうさん人が来はりましたわ。もちろん、「めをとぜんざい」のお店を訪れようとやって来た人も多かった。せやけど、映画の法善寺横丁と雰囲気がちゃうし、肝心の「めをとぜんざい」の店もあらへんし、〈おたやん〉もおらへん。みな拍子抜けしてはりましたわ。それもそのはず、あの映画、大阪で撮影されたのは街の風景だけで、あとは東京の東宝砧（きぬた）撮影所で撮られてましたさかい。

さぁ、このあとですわ。映画『夫婦善哉』にあやかろうとしたかどうかは知らんけど、法善寺にぜんざい屋「めをとぜんざい」が復活したんだす。それが四代目の店。三年ぶりにあての登場だす。忘れもしまへん、昭和三十三（一九五八）年のことやった。

法善寺いうても、かつて店があった浮世小路とちゃいますねん。西門のまぁねき（すぐそば）。水掛け不動さんの南側にあった料理店「みどり」が「めをとぜんざい」を継ぎはったんだす。「みどり」は明治の末期からその場所で営業を続けてはった老舗の小料理店だす。

まぁ、なにはともあれ、法善寺にまた戻ってこれて、あてはうれしゅうて、うれしゅうてたまらんかった。なんせここに舞い戻るのは、戦争で疎開してから十四年ぶりのことでっさかいに。そのとき、ぜんざいだけやのうて、「夫婦そば」という蕎麦も売りにしてはりましたなぁ。

現役に復帰したあては、水掛け不動さんにお参りしてお店に入って来はるお客さんを満面の笑みで迎えてました。これがあてには一番向いてますわ。

もはや戦後は終わり、日本も大阪もめざましい復興を遂げてました。洋酒ブームが起き、法善寺界隈でも料亭の跡地にバーやスタンドがつぎつぎと開店し、酔客がめっきり増えてきましたわ。かつて寄席小屋と料亭が支えてた法善寺横丁に、割烹、焼き鳥屋、お好み焼き屋、寿司屋、喫茶店などもでき、飲食中心の盛り場へと様変わり。これも時代の流れだすなぁ。

あっという間に五年が経ち、東京オリンピックを翌年に控えた昭和三十八（一九六三）年は高度経済成長の前ぶれで、日本全国が熱気に渦巻いてましたわ。あんたが九歳のときや。あても浮かれそうになったんやけど、そうはいかへんかった。

その年、カメさんの養娘シナさんが亡くなりはって、暮れには、あろうことか「みどり」が六十年かけてはった暖簾を下ろしはったんだす。突然のことで、びっくりした。参拝者や観光客、飲酒目当ての客で境内はいつもごった返していて、店も繁盛してたのに……。経営者が商売を辞めるいうんやから、どうにもなりませんわな。

あてはどないなりますねん。先が読めず、オドオドしながら、店を閉めてひっそり静まり返ってた「めをとぜんざい」の飾り窓でしばらく居坐ってましたんやが、そのうちだんだん気が滅入ってきましてなぁ。なんでこうも世のなかに振りまわされるんやろうと。

思えば……、法善寺でええ塩梅で坐ってたら、戦争で藤井寺の古室山へ蟄居させられ、カムバックしたと思うたら、牢屋のような長い蔵生活が続き、そこから脱出するも、またも古室山へ出戻り。三度の出番で気分よぉしてたら、閉店の憂き目に遭うとは……。

戦前までは安穏としておられたのに、戦後は真逆や。人生、うまいこといきまへんなぁ。しんどいちゅうか、なにもかもイヤになってきましたんや。

☆　　☆　　☆

お福さんの身体が少しずつ黄色っぽい光輝に包まれてきた。どうしてそうなったのか、光源がどこにあるのか、そんなことはわからない。

雄二はその変化を感じ取っていたが、感情で表すことができない。七年前とおなじように、依然として無機質の物体のように突っ立っているだけだった。

☆　　☆　　☆

あての人生のなかで一番、落ち込んでた、そんなときにフクさんが来はったんや。お孫さんを連れてなぁ。あんたのこっちゃ。おばあちゃんの横でキョロキョロしてたわ。ちょっとは覚えてはりまっしゃろ。あてはきのうのことのようにはっきり覚えてまっせ。薄曇りのさぶい昼下り。フクさんは難波の高島屋の紙袋を提げてはったから、買いモンの帰りやったんでっしゃろ。

フクさんをまじかで目にしたのは、松島で仕事をはじめはったとき以来やから、三十三年ぶりのことやった。ひょっとしたら、その間、何度も法善寺に足を運び、あてに会いに来はったことがあったかもしれへんけど……。

フクさんは七十二歳になってはりました。ちょっと足腰が弱そうに見えたけど、しっかりしてはった。大島の一張羅に身を包み、なんか玄人はんみたいだした。幸せに暮らしてはるのが手に取るようにわかり、正直、羨ましかったわ。

このとき、あての神通力はどん底状態で、もし願い事を言われたらどないしよかと心配してましたんやで。ホンマは、こっちがフクさんにすがりたいくらいやった。すっかり立場が逆になってしもうた。いまとなっては笑い話やけど、あて、ホンマに追い詰められてましたんや。

そのとき信じられんことに、フクさんはあての目の前を通りすぎ、あろうことか水掛け不動さんの方へ行きはった。苔むしたお不動さんに柄杓で水をかけるやり方をあんたに手を取って教えてはった。

ショックやったわ。これまで法善寺に来たら、いの一番にあてとこに足を向けてはったのに、まったく無視してからに。ますます落ち込んだわ。惨めなあての姿を見て、げんなりしはったんやろか……。

ほんで、あては精一杯、力を振り絞って、お不動さんにお参りしてるフクさんを引きつけようとしましたんや。以前やったら、そんなこと造作なかったんやけど、このときはなかなかこっちに来てくれへん。明らかに力不足だす。

もうあかんかなと諦めたとき、あんたの手を引っぱってあての前に立ってくれはった。かろうじて神通力が残ってたんやろか。ほんで、フクさんはあての顔をしげしげと見てこう言いはった。

「雄二、これ、知ってるか、お多福人形や。大阪の人は〈おたやん〉と呼んでるけど。昔、この近くに名の知れたぜんざい屋さんがあってなぁ、元々はそこに飾られてあったんや。ちゃんと名前がつけられてるんやで、お福さん言うんや。おばあちゃんとおんなじ名前なんや」

あて、うれしかったわ。フクさんがまだあてのことを覚えてくれてはったさかい。あんたはじっと聞いてたけど、薄汚れてたあてを見て、ちょっと怖がってはったなぁ。そら、そうですわな、あのころのあてはあんまり身体を拭いてもろうてなかったさかい、不気味に思われてもしゃあなかった。

(なんであてに会いに来てくれはらへんかったんや)

目の前のフクさんにそう訊いたんやけど、神通力が弱すぎて伝わらへんかった。あてと縁を切った理由。それがずっと気になってましたんや。

フクさんは三十三年ぶりにあてと再会し、きっとなんか感じてくれていたはずなんやけど、その胸のうちすら読み取ることができへんかった。

「雄二、さぶいから、なんぞ温いモンでも食べに行こか」

そう言うて、その場から立ち去ろうとしたフクさんが突然、足を止めはった。

「その前に、もういっぺんあのお多福人形の顔を拝んでおきたいんで、あんたはそこの水掛け不動さんのねき（そば）で待っときなはれ」

ほんで、フクさんはあての顔を見つめて一礼してから、手を合わせ、なにやらブツブツ言うてはりました。あては目一杯、精神を集中してそれを聴こうとしたんやけど、なにを言うてはったんかチンプンカンプン。あゝ、情けなッ、もう、絶不調やったわ。

気ィついたら、フクさん、あんたの手をつないで去んではりましたわ。まぁ、以前のように手を合わせてくれはったんが、めちゃめちゃうれしかったけど、せっかく再会できたのに、心の交わりができず、口惜しゅうてならんかった。いったいなにを言うてはったんやろ。そのことが気になって、気になって、しゃあなかった。

☆　☆　☆

心なしかお福さんの顔に翳りが生じ、笑っているはずの目からひと筋の涙がこぼれ落ちたように雄二には見えた。何度も言葉をはさもうとしたが、口に出てこない。

ほんで、翌年、和食店の「すし半」が「めをとぜんざい」を引き継ぎはりましてなぁ。そのまま、あてが店の〈まねき人形〉になる心積もりをしてたんやけど、カヨさんがあてを藤井寺の古室山に連れて帰りはった。経営方針がちごうてたんとちゃいますやろか。詳しい事情はよぉわかりまへんねん。

☆　☆　☆

これで三度目の隠遁生活や。もうどうにでもなれと開き直ってましたわ。

五代目の「めをとぜんざい」は「夫婦善哉」と漢字に代わり、新しいお多福人形を置きはりました。あてとは似ても似つかんモンや。しばらく経って、その人形が壊れたそうで、今度は色鮮やかな〈おたやん〉が鎮座しはった。それがえらい小振りで、金色の着物(べべ)を羽織って、白塗りの顔が際立ってる。あてから見たら、かなり「若い子」や。昭和生まれとちゃうかな。

ホンマはそこに坐りたかったのにと思いつつ、古室山のおうちの床の間でのんびり過ごしてました。最初は悶々としてたんやけど、案の定、そのうち居心地がよぉなってきて、気が晴れてきましたわ。

カヨさんは、いずれ法善寺で木文字の元祖「めをとぜんざい」を復活させたいという願いをずっと持ち続けてはった。せやから、結婚して授かった息子さんに木文字家を継がせたんだす。ご本人もその気になり、調理師の勉強にも励みはった。そのことを知って、あて、うれしかったわ。

今度こそ、あてを育ててくれはった木文字家のお店で働ける。そう思うと、アドレナリン濃度が一気に高まりましたがな。

ところが、八年経った昭和四十六（一九七一）年の五月、その息子さんが交通事故で脚を骨折しはったんや。そのときドル・ショックが重なり、ぜんざい屋を開く資金のメドが立たんようになってしもうて。

これで夢が遠のいた……。がっくりしましたわ。世のなか、うまいこといきまへんなぁ。

そうこうするうち、上六（上本町六丁目）で金融業をやってはるお方があてを見たいとやって来はったんだす。なんでも、小さいころ法善寺であてを目にしていたとかで、行方を探してはったらしい。このお人、お多福人形の収集家で、ぜひ譲ってほしいと。

ほんで、あてはその金融業者の事務所の入り口に飾られましたんや。まわりには大小合わせてざっと四百ほどのお多福人形がびっしり並べられていて、〈おたやん〉の殿堂みたいな感じだした。

そのなかで、あてはスペシャルな存在でしたでぇ。なんせ図体がとびっきりごっついし、年季が入ってるさかい、ほかの仲間から一目も二目も置かれてましたわ。

この事務所、ひょっとしたら、フクさんがご寮さんをしてはった染物屋「京仙」のあった場所とちゃうやろか。あて、そのころようやく絶不調から脱し、神通力がだんだん戻りつつありましてなぁ、フクさんのことを思い出してたら、ビンビン胸にきましたんや。

あの人のかすかな残滓(ざんし)みたいな……。この地にかつてフクさんが暮らしてはったと。まちがいありまへん。これもなんかのご縁やと思うと泣けてきましたわ。

《フクさん、あんたが大昔に住んではった場所に、いま、あてがいてるんでっせ！》

声を絞り出すようにして叫んだんやけど、届かへんかったみたいで、いっぺんも会いに来てくれはれへんかった。やっぱりあての神通力がまだ完全に回復してなかったんやろなぁ。なんか悲しなってきましたわ。

しばらくすると、その金融業のお人、本格的な古美術商に鞍替えしはって、お多福人形のほかにも陶磁器やら掛け軸やら茶道具やらが陳列されるようになってきて、それ以降、あてはこれまで以上に大事に扱われました。

そうそう、ある鑑定士に見てもろうたら、あては鎌倉期の名仏師の作かもしれへんと。ますますいつ生まれたんかわからんようになってきましたわ、ホホホ。

そのうち、あゝ、この雰囲気が懐かしいと思うようになってきましてなぁ。明治のはじめにミナミの古手屋に置かれていたときを思い出したんだす。なんか双六(すごろく)の振り出しに戻ったみたいだした。

あっという間に三年がすぎ、忘れもせん昭和四十九（一九七四）年の晩秋のころ。小春日和の朝、ええ塩梅で陳列台に鎮座してたら、いきなりあての心臓が波打ちましたんや。

ドクン、ドクン、ドクン……、ものすごい鼓動やった。

《あっ、フクさん！》

あんたのおばあちゃんが八十三年の人生に幕を下ろしはったんだす。その直後、フクさんとのいろんな〈やり取り〉がつぎつぎと脳裏に甦ってきて、歳月の移り変わりを感慨深く振り返ってましたんや。

あの人、人生の前半はえらい波乱万丈やったけど、後半は波静かな余生を送ってはった。何度も言うけど、ホンマにあてと真逆だしたわ。

☆　☆　☆

そろそろ話の終幕が近づいてきた。お福さんは静まり返っている展示フロアを見わたし、フクの孫と再会できた悦びにしみじみと感じ入っていた。依然として、身体は黄色く輝いている。

雄二の方は、お福さんの言葉を一字一句漏らすまいと感性をさらに研ぎ澄ませた。

☆　☆　☆

それから四年が経ったころ、また人生が変わりましたんや。古美術を収集してはった青柳政二（まさじ）さんというお方が上六の古美術店にやって来て、あてを見染めてくれはったんだす。この人、百河豚（ここ）美術館の創設者だす。

青柳さんの眼差し……、九十五年前にミナミの古手屋であてを買うてくれはった木文字重兵衛さんとよぉ似てましたなぁ。

ほんで、えらい大枚をはたいて買うてくれはりました。その値段、知ってまっけど、内緒、内緒。ほんで、ご自宅に安置されましたんや。

その後、ミナミの新歌舞伎座で『夫婦善哉』の公演があったとき、プロデューサーからあてを貸してほしいと言われましたんやが、傷ついたらかなわんと青柳さんはきっぱり断りはった。あてはてっきり舞台デビューできるもんと期待してたんやけど……。映画『夫婦善哉』のときも銀幕デビューが叶わず、あては芸能界とはほとほと縁がないんやなぁとつくづく思いましたわ。

青柳さんのご自宅での時間はあっという間に過ぎ去った感じで、居心地はよろしおました。民家で暮らすのは、木文字家で慣れてましたさかいに。

で、五年後の昭和五十八（一九八三）年の八月、青柳さんがここ郷里は富山の朝日町に美術館を建てはったとき、あてを連れて来はったんだす。まさか北国の越中に来るとは思いもせなんだ。なんせ大阪から離れたのはじめてやったさかい、不安がいっぱいで、あてのお家芸の〈お多福顔〉を作ることすらでけへんかった。

せやけど、空気はおいしいし、広々とした展示フロアで羽根を伸ばせ、少しずつええとこやなぁと思えるようになってきましたんや。展示の入れ替えで、収蔵庫に収められたときもあったけど、展示場に戻され、陳列されたときは言葉にできんくらいの開放感がありましたなぁ。

「あの法善寺のお福さんやないか。こんなとこにいてはったんかいな」

「長いこと見えへんかったなぁ。どこにいってるんか気になってたんや」

「まさか富山のはずれにいてはるとは驚きやな」

大阪から来た年配の入館者はみな懐かしがってくれはりました。若い人は「へぇー、こんな人形が法善寺にあったんや」と興味津々、眺めてくれはったわ、ホホホ。

まぁ、美術館で鑑賞されるのも悪い気がしまへん。けど、本音を言わせてもらえば、いつの日か法善寺に舞い戻りたいと思うとります、はい。

なんの因果か、先の戦争の終わりごろからあちこちを転々とし、ついには富山の田舎に流れ着き、いま、こうしてフクさんのお孫さんと対面してる。おもろいなぁ。人生、山あり谷あり。なにが起こるかわからへん。


そろそろ終わりにしまひょか。喋りすぎて、なんかしんどなってきましたわ。

まぁ、これであんたのおばあちゃんの人生、よぉわかりましたやろ。フクさんの踏ん張りがあったからこそ、いまのあんたがあるんやで。ついでにあての人生までベラベラ喋ってしもうたけど、なんでもひと筋縄にはいかんちゅうこっちゃ。

あんたに二度も会うて、神通力がだいぶ戻ってきましたわ。なんでやろな。おおきに、ありがとさんだす。

雄二さん、あんた、いま大きな壁にぶち当たってるのんよぉわかってます。あてから、なんぞアドバイスを聞きたかったんでっしゃろ。ちゃんと顔に書いたある。あてから言えることはこれだけ。

好きなモンに没頭したらええ。「好きの力」はオールマイティやさかい。あんた、いままで自分を出さずに生きてきはったわ。それはそれでええねんけど、人生は、泣いても笑うても一度きりでっせ。まぁ、じっくり考えなはれ。あての神通力は往年のようにはいかへんけど、できるだけ、あんたにパワーを与えようと思うてますさかい。

それはそうと、さっきからフクさんがお天道さんの上であてらを眺めているような気がしてなりませんのや。

☆　☆　☆

お多福人形の忠言をしかと胸に刻んだ雄二は大阪へ戻ると、就活を中断し、自分を見つめ直した。これまで馬車馬のごとく走りまわっていた生活からしばし離れ、落ち着いた時間を持つのが大切だと思えてきたのだ。

お福さんとのことは両親にも兄にも、ましてや友達にも言わなかった。言ったところで、絶対に信じてもらえないのがわかっていたから。このことはお福さんと自分だけの秘め事。だから、口外、一切まかりならぬと自分に言い聞かせた。

それにしても、高校生のときに泉下の人となった祖母があんな苦渋の人生を歩んでいたとは思わなかった。それに、あのお多福人形と想像もできない、ファンタジーのような深い、深い縁が
あったとは……。

そうこうするうちに、無性に父親と久しぶりに会いたくなり、法善寺の老舗焼き鳥店でさしで一杯ひっかけた。そのとき祖母の話を向けたら——。

「おまえ、知らんと思うけど、おばあちゃん、えらい苦労しはったんやで……」

父親がそう前置きし、遊郭の松島で客引きをしていたことを喋りはじめた。そのことを仔細にお福さんから聞かされていた雄二は、やっぱりあの話はホンマやったんやとわかり、ウラを取れたことで妙に納得できた。

その流れで、法善寺にあったお多福人形のことをさり気なく訊くと——。

お多福人形は大阪では〈おたやん〉と呼ばれ、法善寺の〈おたやん〉の名はお福といい、かつて〈法善寺のシンボル〉で、作家の織田作之助が随想でそのことを書いていたこと……などをつらつらと喋った。意外なほどよく知っていたので、雄二は吃驚した。

「せやせや、おばあちゃんな、ぜんざい屋の飾り窓に坐ってた、その〈おたやん〉によぉ祈願してはったわ」

父親が若かりしころ、母親の行動を不審に思って法善寺まで尾行したら、水掛け不動ならぬ、お多福人形に手を合わせているのを目撃したという。その後、何度もその姿を見たらしい。

「オヤジはそのお多福人形に祈願せぇへんかったんか」

雄二がそう向けると、父親は笑い飛ばした。

「そんなアホなことするわけないやろ。なんで〈おたやん〉に願掛けせなあかんねん」

そう言ったあと、急に思い出したように、

「それにしても、あの〈おたやん〉、知らん間に法善寺から姿を消してしもうたなぁ」

息子が反射的に返した。

「そのお多福人形、いま富山の美術館で展示されてるよ」

「えっ、なんやて⁉」


雄二はその後もしばらく就活をしなかった。映画館に出向いたり、ジャズのライブハウスに足を伸ばしたり、落語や講談などの古典芸能を聴きに出かけたり、美術館や博物館を巡ったり……。これまで関心がありながら、時間を割けなかった文化・芸術の世界に目を向けるようになった。こつこつ貯金していたので、生活費の心配はなかった。

そのうち、「自分は読書が好きなんや」と気づきはじめた。幼いとき祖母に本をよく読んでもらった影響で、ページを繰ることに安らぎを覚え、高校生になるとヒマさえあれば、ジャンルを問わず文庫本や新書を手にしていた。モノを書くのはしんどいと思うことがあっても、まったく苦にならず、作文や小論文はお手のものだった。しかし、あくまでも読書や文章を綴るのは趣味の領域を超えていなかった。

一年後、ごく自然な流れで、雄二は大阪にある中堅の出版社にトライした。面接の前日、法善寺横丁へ出向き、お福さんがいる富山の方角に向かって祈願した。

「あすの面接、うまくいきますように。頼んますー！」

そう心のなかで叫んだ瞬間、胸がビクっと反応した。そして面接では、信じられないほど言葉がよどみなくあふれ、すんなり採用の身となった。

〈やっぱり、お福さんの神通力かな……〉

しかし編集を希望するも、それは叶わなかった。未経験なので仕方がない。案の定、これまでのキャリアを買われて営業マンとして奔走したが、三か月ほどして、社長から「田上君、どや、編集に移らへんか」と打診され、晴れて編集マンとなった。雄二が作成していた、非の打ちどころのない営業報告書や社内報の雑文を社長が見ていたからだった。ベテラン編集者が定年退職するのを見計らっての声がけだったが、それでも憧れの編集職に就くことができ、天にも舞い上がる気持ちだった。

数少ない大阪の出版社。雄二は地域に根差した歴史書、地誌、人物評伝、さらに在阪企業の年史など硬派の書物を担当した。編集マンになって二か月後には運命の女性と出会い、不惑の四十歳にしてようやくゴールイン。すぐにひとり娘を授かった。

まさかこの一年でこれほど激変するとは思わなかった。

それから三十年後——。

雄二は一度も転職することなく、その出版社に腰を据え、五年前、編集長の肩書きで定年退職していた。古希（七十歳）を迎え、白い頭髪がすっかり薄くなっている。

法善寺界隈は、平成の世になり、二度も火災に遭うという悲劇に見舞われたものの、なんとか生き延びた。防火的な観点から道幅がやや広くなったとはいえ、大都会の真んなかにあって、古き良き時代の大阪情緒を残す、数少ない〈異空間〉として依然、独特な光彩を放っている。

錦秋のある夜半、雄二はミナミでおこなわれた元部下の送別会に出てから、ひとりで法善寺横丁へ足を向け、かつてお福さんが鎮座していた浮世小路の角で立ち止まった。ここに来るのはほんとうに久しぶりだった。

以前はちょくちょく来ては、富山の方角へ向かって、願い事や相談事をお福さんに伝えていたのだが、日常の些末な出来事に忙殺され、いつのころからか足が遠のき、お福さんのことも記憶から抜け落ちそうになっていた。あれ以来、富山へは一度も行けていなかった。

静まり返った法善寺横丁で、雄二がほろ酔い気分でぽつねんと佇んでいると、夜風に乗って、頭の上から穏やかな女性の声が微かに聞こえてきた。

《そろそろ富山に来なはれ》

蚊の鳴くような声だったが、声の主はすぐにわかった。

一週間後、雄二は単身で富山へ向かい、百河豚美術館でお多福人形と三度の対面を果たした。展示フロアには、過去二回とおなじように、まわりにはだれもおらず、ふたりっきりだった。

《ようお越し。あんた、えらい老けはりましたなぁ。まぁ、お孫さんもいてはるから、無理ないわな。だんない、だんない。うちは人形やさかい、老けようがありまへんわ、ホホホ》

そう言うお福さんだったが、どことなく若返っているように見えた。

「長いあいだご無沙汰しておりまして、ホンマにすんませんでした。仕事に没頭していて……」

そこまで言うと、お福さんがピシャッと言葉を遮った。

《あんたは喋ったらあかん。いや、あてを前にしたら、喋られまへんのんや。ここでストップや。心のなかで想うたこと、頭のなかで考えたことを、あてがちゃんと聞いたげる。これぞ、ホンマもんの読心術やで、ホホホ。あんたはそのままじっとしときなはれ》

お福さんは、雄二がずっと疑問に思っていたことをすばやく読み取り、ケラケラ笑いながらこたえた。

《おばあちゃんと自分以外にも交信できる人がおるのかって？　そのことが気になってはったんやな、ホホホ。あて、これまで数えきれんほどぎょうさん人と会うてきたけど、こうして〈やり取り〉ができたんは、フクさんとあんただけや。ふたりは選ばれた人なんやで。なんでかわかりますか。あてら三人に共通してるモンがありますのや。つい最近、そのことに気づいたんやけ

ど》

〈……？〉

雄二はポカンとしている。

《それは、おヘソの両側にまったくおんなじ大きさの四角いホクロがありますのや》

ホクロはたいていてい丸いのに、どうして四角いホクロなのか、それも左右対称におなじところについているのか、と雄二は幼いころから不思議がっていた。そのホクロは一センチ四方もあり、しかもめっぽう黒いので、裸になったときは結構目立つ。

小学生のころ、プールの時間に同級生から四角いホクロを冷やかされ、家に帰って父親に言うと、「おまえのトレードマーク。家紋とおんなじや。海で遭難したら、身元判別にもってこいや」と冗談交じりで返された。

そう言えば、おばあちゃんにもおなじホクロがある、といつぞや父親が言っていたのを思い出した。

《けったいなことに、人形のあてにもおヘソがありますんや。それもおんなじ形のホクロが左右にふたつ。見せたげたいけど、恥ずかしいさかい、止めときますわ。まぁ、三人の共通点がホクロやなんておもろい、おもろい。とどのつまり、なんで世のなかでフクさんとあんたしか交信でけへんのかは科学的にはよぉわからしまへん。神のみぞ知る……、ホホホ。まぁ、それでよろしおますがな》

お福さんは上機嫌だった。
《あてが渾身の力を込めて、法善寺にいたあんたをここに呼んだのは、最後の力を出し切るためだす。もうそろそろ神通力の有効期限が近づいてきてるみたいなんや。寿命だすな。乾電池とよぉ似てます》
ここでひと呼吸入れ――。
《ほな、いきまっせー!》
気合いを入れるや、お多福人形の身体がみるみるうちに黄金色に輝きはじめた。前回もそうなったが、倍以上の明るさで、展示フロア全体が一気に華やぎを帯びてきた。しかも身体がどんどん大きくなってきているようだった。
〈オーッ、オーッ!〉
神々しく、まばゆい光を全身で浴びている雄二が心のなかで絶叫した。それを見て取ったお福さんが、おもむろに声を絞り出した。
《あのときのフクさんの言葉がわかったんだす!》
それは六十一年前、九歳の雄二を連れて法善寺へ久しぶりに足を運んだ七十二歳のフクが、閉店した四代目のぜんざい屋「めをとぜんざい」の薄暗い飾り窓にしょぼくれて坐っていたお福さんへのつぶやきだった。
お福さんは咳払いをし、自分に対するフクの言葉を本人に成り代わって声に出した。そのとき、雄二のまわりに当時の法善寺の情景がホロスコープのように浮かび上がった。

《あんたの前に立つと、自分が素になれ、ひたむきに生きなあかんと思い知らされました。いろいろ願い事を叶えてくれはったけど、よぉ考えたら、動機づけをしてくれはっただけで、行動に移したのはうち自身でしたわ。やっぱり自分で動かなあかん。そう思うたので、お福さんに願掛けするのん止めたんです。人生は山あり、谷あり。これからはお福さんに頼らず、その山と谷を自力でぼちぼち歩いていきます。お福さんにはホンマにお世話になりました。おおきに、おおきに、ありがとさんでした。これからええ塩梅で過ごしなはれや》

それはフクの決意表明とも受け止められる別れの言葉だった。

☆　　☆　　☆

お福さんは言い終えると、身体から放たれていた光輝がしだいに弱くなり、それに伴って元の大きさに戻り、ふつうのお多福人形になった。

しばらくして、雄二の目がカッと見開いた。

「お福さん、お福さん！」

大きな声で呼びかけたが、返答はなかった。顔をとくと眺めると、モナリザにも勝るとも劣らない、魅惑的でナゾめいた微笑みを浮かべていた。

百河豚美術館を出た雄二が南の方角に視線を向けた。全山が見事なほどに色づいた黒部山系の山々がわが身に迫ってくるようだった。

得も言われぬ清々しい気分に包まれ、思わずガッツポーズを取り、叫んだ。

「おおきに！〈おたやん〉！」

＊お福さんが独白した、お多福人形の「履歴」は、取材によるノンフィクションです。

＊お多福人形は、平成二十五（二〇一三）年九月二十五日から十月十八日の、大阪歴史博物館での特別企画展『生誕１００年記念　織田作之助と大大阪』（織田作之助生誕１００周年記念事業推進委員会主催）に出展され、三十年ぶりに大阪に里帰りしました。その後は百河豚美術館に戻され、令和五（二〇二三）年二月現在、一階正面に展示されています。

チンチン電車の風音

九月に入って二週目の日曜日になろうというのに、まだ残暑が厳しく、車両のうしろ寄りの座席に坐っていた理恵の首元にはうっすらと汗が滲んでいた。

大阪の都心にありながら、ひと昔前の風情というか、場末の雰囲気というか、どことなく懐かしい佇まいを色濃く残す阪堺(はんかい)電車の恵美須町(えびすちょう)駅。そのプラットホームに停まっていたチンチン電車がガタンガタンと鈍い音をきしませながら車体を振動させ、ゆっくりと動き出した。

車体の上半分を鮮やかなブルー、下半分を純白に塗ったカラフルな電車が、左手に通天閣をのぞみ、南へと真っ直ぐ伸びる線路を心地よいスピードで走りはじめると、理恵は汗を拭うのも忘れ、古めかしい雑居ビルがびっしりと建ち並んだ窓外の風景を眺めるのだった。

まだ午前九時を少しまわったところ。車内は理恵のほかに赤ん坊を抱いた若い母親とふたり連れの小学生の男の子がいるだけだった。電車はつぎの南霞町(みなみかすみちょう)駅で町内会の一団とみられる七、八人の中年女性を乗せ、つぎの今池(いまいけ)駅へ向かっていた。

〈あのおじいさん、乗ってくるかな……〉

理恵は細目のジーンズで覆った脚を組み直し、ショートヘアを両手でかき分けた。中年女性のかしましい声で賑わっている車内で、彼女は自分が意外と好奇心の強い人間であることを知り、ひとりほくそ笑んでいた。

この春、理恵は大阪の北摂（ほくせつ）にあるK大学文学部に入学した。実家は奈良県の吉野で内科の医院を開業している。京都の医科大学に在籍している三つ年上の兄が家を継ぐので、進路について両親からとやかく口を挟まれることはなく、なんらプレッシャーを感じずにこれまで暮らしてきた。

高校二年のとき、友達とはじめて遊びに行った大阪のミナミで、アジア的とも言えるバイタリティーあふれる混沌とした空気に魅了され、大阪という大都会に漠然と関心を抱いた。進学する大学も京都や東京は眼中になく、大阪の大学を目指そうと心に決めていた。

受験勉強していた科目の関係から私立の文科系しか選択肢がなかったが、大学はべつだんこだわっていなかった。学部も頭から文学部を目指していたわけでもなく、単に国語が好きで、なんとなく国文学科が自分に合っていると思ったからだった。とくにやりたい研究もなく、将来、就きたい仕事も思い浮かばず、級友のだれもが至極当然のように大学へ進むので、ただその流れにわが身を委ねていただけだった。

願書の締め切りが迫り、大阪の各大学から取り寄せた写真入りの入学案内をあれこれと眺めていると、K大学のキャンパスがいかにもカレッジ然としているように映り、この大学を受験しようと決めた。成績はクラスで常に二、三番だったので、よほどのことがないかぎり、落ちることはなかった。本人も自信があり、難なく合格した。

はじめは大学近くのマンションに住むつもりだった。ところが入試の帰り、なに気に下車した阪急淡路駅周辺の庶民的な雰囲気が気に入り、合格が決まったその日のうちに、いま下宿しているワンルーム・マンションを見つけたのだった。阪急電車に乗れば、三十分ほどで通学できる。

入学から一か月半ばかり経った五月中旬、下宿を出たところでマンション管理人の林さんから声をかけられた。

「森川さん、いま、アルバイトしてはる?」

「いや、まだですけど」

「もし、よかったから、パン屋でバイトしませんか。日曜日だけですねんけど……」

白髪頭の熟年男性が半ば懇願する表情で理恵に頼んだ。

林さんは、大阪市内の南部にある住吉大社の界隈から通っており、近くのパン屋の女主人から、いい女子大生のアルバイトがいないかと打診されていた。

「ベニス」というその店は、地元では美味なパンを売っていると評判のベーカリー。店ではその女主人と年配の職人が奥の調理室でパンを焼いており、店の売り子として平日にはふたり、日曜日はひとりのパートを雇っているのだが、日曜日にパートに来ていた主婦が病気で倒れたので、急遽、ピンチヒッターを探すことになったわけだ。

「そのパン屋のおばさん、えらい生真面目な人なんですわ。せやからアルバイトは身持ちのええ人でないとあかんと言うてはるんです。それに前から、若い女子大生と働きたがってはりましてねぇ。ほんで、森川さんがぴったりやと思いましたんや」

ここでひと息ついて、林さんはさらに言葉を紡いだ。

「あんたとこの家、お医者さんでしょ。あんたもいつもきまった時間に大学に通ってるし、見るからに清楚な感じがしましてなぁ……。きょう日、珍しい学生さんやわ。ほんで、理想的な人がいますと返事してもうたんですわ。日給はそないに高いことないけど、働きやすいとこです。それは保証します。もちろん、交通費と昼食代は向こうが出してくれます」

林さんは堰を切ったように滔々（とうとう）と喋りまくった。当事者の理恵になんの相談もなく、勝手に話を進めたことに気が咎めたのか、少し申しわけなさそうな顔をして頭をしきりにかいていた。

理恵はべつにバイトをしなくても、実家から十分仕送りがあり、生活や遊興に困ることはなかったが、これまで汗を流して働いた経験がなかったので、この機会に一度やってみようと思った。それに大学生はバイトをするものだという固定概念があり、それならいっそう早い方がいいとも思った。

「いいですよ。日曜日といっても、どうせデートする相手もいませんから」

理恵は快諾した。

淡路から住吉へ行くには、阪急と地下鉄が相互乗り入れしている地下鉄堺筋線で終点の天下茶屋駅まで一直線で行き、そこで南海本線に乗り換えて住吉大社駅で降りるのが順当だ。それが一番早く行ける。けれども理恵はその行程をとらず、天下茶屋のふたつ手前の恵美須町駅から阪堺線で住吉駅まで行く方法をとった。

というのは、毎日、その順路でマンションに通勤している管理人が「チンチン電車で通うのもなかなかオツなモンですよ」と話していたのを思い出したからだ。

恵美須町駅から堺の浜寺駅前駅を結ぶ阪堺線は、天王寺から出ている阪堺電車の上町線とともに大阪に現存する唯一の路面電車である。

大都会の大阪で、そんな悠長なチンチン電車が走っているとは……。好奇心の強い理恵は、林さんに阪堺線のことを聞いてから、一度は乗ってみたいと常々、思っていた。

「ベニス」の女主人と面談したとき、阪堺線で通勤したいと告げると、「勤務は午前九時半から。恵美須町を午前九時十分発の電車に乗れば間に合う」と教えてくれた。管理人が言っていた通り、女主人は実に誠実な人だった。大阪市の北にある東淀川区の淡路から南部に位置する住吉まで結構、時間がかかるのではないかと思われたが、通勤時間は四十分ほどで済んだ。

理恵は日曜日のアルバイトを心待ちにしていた。店で焼きたてのパンを売るという仕事も楽しかったが、わずか十五分間とはいえ、往きと帰りにチンチン電車に乗れることにむしろ心をときめかせていた。まるで遊園地の乗り物にでも乗ったような気分になり、心地良い振動に揺られ、いつも車窓から食い入るように町並みを見つめていた。小さな無人駅やカンカンカンという踏切の音が妙にいとおしく感じられ、地下鉄やふつうの電車とは違って、車内にこびりついている市井の人たちの生活臭も彼女には新鮮に映った。

初日は気づかなかったが、つぎの日曜日、電車に揺られていると、恵美須町駅から五つ目の北天下茶屋駅で乗ってきたひとりの老人に視線が留まった。乗車口のすぐ左の席に腰を下ろしたこの男性は、背丈が一メートル八十センチ近くはあろうかと思われる堂々たる偉丈夫で、ベージュ地にこげ茶と薄い茶色のチェック模様のジャケットを羽織り、こげ茶色のスラックスをはいていた。頭には茶色のハンチング帽。胸元にはループ・タイ。ブラウン系で統一した身なりがなかなかサマになっていた。

ハンチング帽からはみ出た髪の毛は真っ白で、顔の肌はいくぶん乾燥しており、目尻のしわも目立った。柔和そうな顔つきだが、その瞳はある種の鋭さを秘めており、左の頬の耳の脇から唇の端にかけて真一文字に走る傷痕が底知れぬ凄味を感じさせた。年齢のころは七十すぎくらいだろうか。その割にはあか抜けしていて、若く見えた。

理恵が目の前にいるその老人に釘付けになったのは、こうした身なりや体格だけではなかった。折りたたみ式のハシゴを右手でしっかりと握り、重そうな手提げの紙袋を両脚のあいだに置き、なにやらぶつぶつひとり言をつぶやいていたからだった。ときにはニヤリと笑ったり、顔をしかめたりするものだから、まわりの乗客は薄気味悪がっていたけれど、理恵にはその老人から得も言われぬ不思議なエネルギーが発散されているように感じられた。

〈いったい、なにをしているんやろ。ハシゴや紙袋を持って、どこへ行くんやろ〉

つぎの日曜日も、そしてまたつぎの日曜日も、おなじ服装に身を包んだ老人はおなじ席に坐り、おなじような仕草を繰り返していた。理恵はこの老人への関心が高まり、パン屋で働いているときも、その姿が脳裏をよぎることがあった。

六月末、理恵がいつものようにチンチン電車に揺られながら、前の席に坐っている例の老人をちらちら見つめていると、急ブレーキがかかった拍子に思わず視線が合ってしまった。すばやく目をそらせたが、老人は温顔(おんがん)を向けて会釈した。

「だんだん暑うなってきましたなぁ」

よく通る太い低音で声をかけられた。理恵が反射的に身を縮め、恐縮しながら頭を下げて会釈すると、老人は笑みを浮かべて応対し、ふたたび口のなかでなにやら反復しはじめた。

理恵は耳に全神経を集中させ、なにを言っているのかを探ろうとした。どうやら物語をつぶやいているようだった。ますますこの老人の正体がわからなくなり、いったい何者なのか知りたいという欲求がさらに強まってきた。

七月半ば、夏休みに入り、理恵は一度だけ吉野の実家に帰った。高校時代の級友と喫茶店で会った程度で、これといってやるべきことがなく、日がな一日ぶらぶらしていた。

両親は娘が帰ってきたからといって、あまりうれしそうな表情を見せなかった。大学生活はどうか、下宿は住みやすいか、友達はできたか、大阪に馴染んだか、そんなありきたりな質問を投げかけられただけだった。それも帰郷した最初の日だけで、あとは京都に下宿している兄のことばかり聞かされた。

そんな両親の会話に入っていくことができず、理恵は気分が塞ぎがちになった。パン屋でのバイトのことを話すつもりだったのに、どうせ聞き流されるに決まっていると思い、胸のなかに閉まっておいた。

二日目の昼間、ベッドに横たわり、入学してからの生活を振り返ると、ため息が洩れた。

少しは期待していた大学生活もただ毎日、欠かさず授業に出ているだけで、なにも刺激的なことがなく、早、惰性の日々を送っている自分に嫌気がさしてきた。クラスの者はクラブやサークル活動に夢中になっていたが、これといって趣味のない理恵には熱中できる対象がなく、かといって、クラブに入るのも面倒くさいと二の足を踏んでいた。

週日は一日が経つのが遅く感じられ、時間をどうつぶそうかと悩むこともしばしばだった。そういう自分に対して、奮い立たせるなにかが必要だと感じはじめていたが、いざ行動に移すとなると、どうしていいのかわからなかった。

そんな日常のなか、唯一、充実感を持てる場が日曜日のアルバイトだった。いまでは以前にも増して、日曜日が来るのを楽しみにしていた。

もっと笑みを浮かべて応対しよう。お釣りの計算を早くしなくっちゃ。カウンターの上に一輪挿しでも置こうか……。あれこれとアイデアが浮かんできて、胸がはちきれんばかりになった。

ところが帰省三日目の夜、すべてが水泡に帰した。居間でテレビドラマをぼんやり眺めていると、「ベニス」の女主人から携帯に電話がかかってきた。

「理恵ちゃん、ホンマに申しわけないねんけど、つぎの日曜からパートの奥さんが戻ってきはるねん。病気が治ったら、すぐに復帰できるよう前々から約束してたんや。長いつき合いやから、知らんぷりでけへんねん。せやから……。給金は後日、現金書留で送るから。ホンマにごめんね」

電話を切ってから、目の前が真っ暗になった。店では愛想がよく、客の受けもいいと評判だったのに、こうもあっさり首を切られるとは……。所詮、臨時のアルバイトとはこんなものだと思っていたが、それにしても急なことであった。

この瞬間、自分の存在がこの世から抹殺されてしまった、そんな暗澹たる気持ちを抱いた。

翌朝、荷物をまとめて大阪の下宿に直行した理恵は、新しいバイト先を探すため、大学の学生課に出向こうとしたが、妙にうろたえている自分がなんだかバカらしくなり、行くのを止めてしまった。そのうちバイトなんかどうでもいいと思うようになり、結局、夏休みのあいだ、高校時代の友達と信州へ二泊三日の旅行に出かけただけで、あとは下宿で無為な日々を過ごしていた。

九月に入ったある日、下宿でなに気なくテレビを見ていると、住吉大社前をとことこ走る阪堺線の路面電車が映っていた。古き良き時代の乗り物を紹介する短いドキュメンタリー番組だった。そのとき、久しく彼女の記憶から遠のいていたチンチン電車の老人を思い出し、あの頬の傷痕が鮮明に瞼に浮かんできた。

〈いまでも日曜日にあの電車に乗っているのかな……。よし、行ってみよ〉

理恵はいま、二か月ぶりに恵美須町駅発午前九時十分のチンチン電車の車内にいた。

〈懐かしいなぁ……〉

心底、そう感じていた。

理恵と赤ん坊を抱いた母親、ふたりの小学生、そして中年女性の一団を乗せた電車は、無人の小さな北天下茶屋駅に着いた。乗車口が開くと、ハシゴと紙袋を両手に携えたあの老人が乗ってきた。

〈あっ、やっぱり〉

その老人の日焼けした顔がとても眩(まぶ)しく映った。さすがに暑くてジャケットは着ていなかったが、ハンチング帽とスラックス、ループ・タイは以前のままだった。

理恵はまるで探偵のような気分になり、にわかに動悸が高まってきた。手にしている文庫本を読むふりをして、老人をよくよく観察すると、相変わらずぶつぶつとつぶやいていた。すると突然、ハンチング帽をむしり取り、声を洩らした。

「あかん、あかん。うまいことといかへん」

よく通る声だったので、話に夢中になっていた中年女性の一団がいっせいに老人を見つめた。

「なんか変な人やで、向こうに行こ」

「せやな、気色悪いわ」

彼女たちは前の方へ移動した。老人はそんなことお構いなく、天井のある一点を見つめて、相変わらず口をもごもごさせていた。

電車が住吉大社を通過したとき、少し入り込んだ路地にある「ベニス」の看板が理恵の目に飛び込んできた。そこでパンの芳(かぐわ)しい香りに包まれ、ピンクの薔薇(ばら)の柄をあしらったエプロンをつけて働いていたことが随分、遠い過去のように思えてきた。

電車は大和川(やまとがわ)を越え、堺市内に入ったが、老人はいっこうに降りる気配がなかった。

〈どこまで行くつもりなのかな?〉

ここまで来たのだから、どこで降りて、なにをするのかとことん見てやろうと腹を括った。

すでに恵美須町駅から乗ってかれこれ五十分ほど経過していた。南海本線が走る高架の上を走行した電車は左の方へ曲がり、一気に緩やかな坂を下って終点の浜寺駅前駅に到着した。大阪市内でさえあまり知らない理恵である。堺にまで足を運んだのはもちろんはじめてだった。浜寺がどの辺にあるのかも皆目、見当がつかなかった。

終点まで乗っていた客は彼女とハンチングの老人だけだった。その老人は「よいしょ！」と声を出し、ハシゴと紙袋を両手に提げ、駅を出て大きな道路を横断した。理恵は駅前の自動販売機で缶ジュースを買い、少し離れてあとをつけた。

道路を渡ったところが浜寺公園である。白い石を敷きつめた長円形の大きな広場が目に飛び込んできた。すでに太陽は高く昇っており、真夏のような強い陽射しが照りつけていた。

老人は時折、立ち止まって、ハンカチで首筋の汗を拭い、「よいしょ！」とまた気合いを入れ、とことこと公園の中央へと歩を進めた。しばらくすると、丸い噴水に群がっていた子どもたちの声が聞こえてきた。

「おじいちゃん、早う、早う、みんな待ってんでぇ」

十五、六人の子どもたちがいっせいにあの老人の方に駆け寄り、ハシゴと紙袋を奪うようにして抱え持ち、噴水のそばに集まった。彼らは背丈から推測すると、小学校低学年のようだ。

ナゾの老人はハンチング帽をとり、ハシゴを組み立て、紙袋から白い紙の束と紙箱を取り出した。噴水の周囲に並べてあるベンチの一番端に坐った理恵は、いったいなに事がはじまるのか興味津々で見入った。そのうち束ねた紙を箱に入れ、それをハシゴの上に乗せ、子どもたちを前によく通る声で話しはじめた。

「よっしゃ、みんなイソップ物語、知ってるか。きょうは『アリとキリギリス』の話やで。ちょっと変えてるけどな。おとなしゅう観ときや。野次ったらあかんで」

なんと紙芝居だった。

理恵は吃驚（びっくり）した。

老人は声に抑揚をつけ、紙を一枚一枚めくりながら物語を進めていった。理恵は実際に紙芝居を目にしたことはなかったが、テレビで一度、紙芝居を演じる男を主人公にしたドラマを観たことがあり、そのとき絵を描いたベニア板や厚紙を頑丈な木箱に入れ、それを自転車の荷台に置いて話していたのを思い出した。

それに比べ、目の前の紙芝居は実に貧相で、クレパスで絵を描いた薄っぺらい画用紙を紙の箱に入れて演じているだけだった。それに駄菓子を売っているわけでもない。しかし絵は驚くほどうまかったし、話し方はきつい大阪弁とはいえ、なかなか堂に入ったものだった。

〈そうかぁ、そうなんだ。電車のなかで紙芝居の話し方を練習していたんやわ〉

そのうち散歩に来ていた家族連れもぞろぞろ集まり、三十人ほどに膨れ上がった。演者はまったく動じず、額に汗を浮かべながら、おなじ調子で紙芝居を演じ続けていた。

かれこれ三十分ほど経った。

「きょうはこれでおしまい。おおきに」

老人がお辞儀すると、拍手が巻き起こり、子どもたちがつぎつぎと声をかけに来た。

「おじいちゃん、今度は前にやったアシカの話やって。あれ、おもろかったで」

「よっしゃ、アシカの話やな」

「そのキリギリスの絵、一枚、ちょうだい」

「そらあかんわ。話でけへんようになるさかい。べつの絵やったらかまへんで。来週、持ってきたるわ」

老人は子どもたちと声をかけ合いながら後片づけしていた。しばらくその様子を眺めていた理恵はそっとベンチから離れ、駅の方へと向かっていった。


つぎの日曜日。先週とは一転、晩秋のごとく肌寒くなり、時折、強風が舞っていた。

理恵はひとつ早い電車で浜寺へ行き、先週坐った噴水のそばのベンチに腰を下ろし、老人がやって来るのを待っていた。すでに五、六人の子どもたちが集まっていた。しばらくして紙芝居のおじいちゃんの姿を見届けるや、この前とおなじ光景が現出した。

演（だ）し物は約束通り、『アシカの権助』という話だった。老人は風で吹き飛ばされそうになったハンチング帽をしっかり右手で押さえながら、物語を話しはじめた。

紙芝居が終わり、子どもたちは三々五々、広場をあとにした。老人がひとりで画用紙を束ねていると、突然、一陣の旋風が吹き、画用紙が数枚、宙に舞い上がった。瞬く間にだれもいなくなった広場に散らばった。

「こら、あかん」

老人は必死の形相で拾いはじめた。その光景を目にした理恵は反射的に腰を上げ、遠くの方へ飛んでいった紙をつぎつぎと拾い集めた。そのかたわらで銀縁メガネをかけた痩せぎすの中年女性が腰を屈めて、画用紙を拾っていた。

〈あれっ？　この人、またここに来てるわ〉

先週の日曜日、その女性は理恵の隣のベンチに坐り、じっと紙芝居を見つめていた。異様に鋭い眼差しを理恵はしっかり記憶に留めていた。

「お姉ちゃん、これ」

その女性は理恵の顔をまじまじと見つめ、画用紙を手渡すると、すばやく踵を返して駅の方へと立ち去って行った。左脚を引きずるようにして歩く、そのうしろ姿に目が釘付けになった。

冷たい北風が頬に当たり、我に返った理恵は、あわてて画用紙を抱え、老人の元へと走って行った。

「はい、画用紙」

老人はぴょこんとお辞儀した。

「えらいすんまへんなぁ。おおきに」

理恵ははじめて老人の顔を直視した。見れば見るほど柔和な顔つきに、思わず心が和んだ。

「紙芝居、子どもさんに人気がありますね」

勇気を振り絞って声を出した。

「はぁ、おかげさんで」

「絵もお上手ですね。おじいさんが描かれたんですか」

顔を崩した老人の頬に冷たい風が当たった。

「ちょっとそこのベンチに坐りまひょか」

ふたりは三十センチほど間隔をあけてベンチに並んだ。

「お姉ちゃん、先週も来てはりましたな。そないにわしの紙芝居、気に入りましたか」

老人はめくれていたジャケットの襟を直し、相変わらず穏やかな顔を理恵に向けていた。彼女は質問にこたえず、逆に訊き返した。

「いつからここで紙芝居をやっておられるんですか」

「えーと、今年の三月ごろやったかなぁ。ちょっとしたことがきっかけやったんですわ」

理恵はその話を訊きたくてうずうずしていた。老人はおもむろに立ち上がり、「ちょっと待っといて」と声をかけ、そばにあるレストハウスに入り、缶コーヒーをふたつ持ってきた。

「お姉ちゃん、紙を拾うてくれたお礼や」

缶コーヒーを理恵に手渡すと、老人は半年前の出来事をぽつりぽつりと喋りはじめた。

☆　☆　☆

あれは土曜日の昼下がりやった。浜寺公園に来て、このベンチに坐ってると、ひとりの男の子が四人組の男の子にいじめられてましたんや。背が低く、色白で見るからにひ弱そうな子やった。鞄を放り投げられ、なかに入っていた本やノートが散らばり、それを四人の子が踏みつけながら、罵倒してましてなぁ。

「あほ、間抜け。おまえなんか塾へ入っても、頭よぉならへんわ。早う、家へ帰れ」

たしかそんなこと言うてましたわ。それでも、その子は黙ったままやった。わしはよっぽど助けに行こうかと思うたんやけど、子どものことやし、大人がでしゃばるのもなんやしと思うて、しばらく傍観してましたんや。

四人組が去ってからも、その子はじっとその場に立ち尽くしたままやった。わしが近づいて顔を覗くと、ウサギのように目頭を真っ赤に腫らしてましたわ。あとで訊いてわかりましたんやが、その子は水上博という小学三年の子やった。わしは気の毒に思えて……。

「ぼん、どないしたんや。えらいいじめられて」

声をかけると、驚いたのか、警戒心を抱いたのか、いっそう身体を硬直させ、無言のままで後ずさりしおった。

放り投げられた本やノートを拾う様子がなかったので、わしが拾い集め、缶ジュースを一本、買うてきましたんや。

「なんも怖がることあらへんで」

そう言うて、缶ジュースを手渡すと、はじめてわしの顔を見よった。

「ありがとう……」

小さなつぶやき声やった。瞳の大きなかわいい子や。ジュースを飲み干すのを待ってから、「もう、家に帰り」と促すと、「帰りたないねん」と言うんや。その理由を訊いて、わしは胸を痛めた。

その子は岡山で生まれ育ったらしい。二年前、家が火事で全焼して両親を亡くし、浜寺に住む父親の弟に引き取られたそうなんや。そこで叔母はおない年の自分の息子ばかりを可愛がり、なにかにつけて差別されてるんやと言うんですわ。見ず知らずのわしにこんなことをよぉあけすけと話してくれたもんやと驚きましたわ。

その子はひとしきり話し終えてから鞄を持って帰ろうとしたんやが、そのいじらしい姿を見ているうちに、この子のためになんかしてやりたいと思いはじめましてなぁ。そしてこう言いましたんや。

「ぼん、あしたの日曜日、朝の十時ごろ、ここにおいで。塾はないんやろ。おじいちゃんがええもん見せたるわ」

それが紙芝居でしたんや。小さいころ、悲しいときに紙芝居を見て、心が晴々したのを思い出したんですなぁ。果たして現代っ子が紙芝居を楽しむかどうか自信はなかったけれど、時代が違うても子どもは子ども、絶対にわかってくれるはずや。そう思うと、居ても立っても居られず、すぐに画用紙とクレパスを買い求めて家に戻りましたんや。

せやけど、これまで紙芝居なんか演じたことなかったし、ふだんからあんまり本も読んだことありまへん。はて、どんな物語にしよかと困り果てましてなぁ。時間がどんどん過ぎていき、気がつくと夜の八時ですわ。そのとき昔見た紙芝居の物語がぼんやり浮かんできまして、それをいまふうに変えて、物語を書き上げましたんや。絵心があったので、絵を描くのは造作なかった。仕上がったのは朝の八時。一睡もせえへんかったのに、不思議と疲れへんかった。目を充血させながら画用紙を紙袋に入れ、家主からハシゴを借り、家を飛び出して浜寺公園に来ると、その子があそこの松林のなかでじっと待っててくれて。ホンマにうれしかったわ。

観客はその子ひとりっきり。散歩に来てた家族連れや若いカップルから不審そうにじろじろ見られたけど、そんなこと気にせず、わしは精一杯、紙芝居を演じましたんや。はじめのうち、子どもは欠伸したり、キョロキョロしたりしていたのに、だんだん紙芝居に観入るようになってきよった。

演し物は『ふたつのお星さま』という物語ですねん。こんな粗筋ですわ――。

宇宙のはるか彼方に仲のええ大きな星と小さな星がありましたんやが、大きな星の王さんが小さな星が目障りやと、突然、攻撃を仕掛けたんですなぁ。小さな星は防戦もできず、なされるがまま。そのうち巨大なミサイルを打ち込まれ、遠くの方へ吹き飛ばされてしまいおった。大きな星の王さんは大喜びしたんやが、その直後、気温がどんどん上がり、暑さに弱い大きな星の住民はパニック状態になりおった。空を仰ぐと、太陽の強い光がまともに当たっていたんですわ。いままで小さな星が太陽光を遮り、大きな星を守っていたんですなぁ。そのとき、大きな星は小さな星のありがたさがはじめて身に沁みたんやが、もうあとの祭というわけや。まぁ、こんなたわいもない話ですわ。

紙芝居を終えてから、「その小さな星がぼんのことやで」と言うと、その子は急に真顔になってこう言いおった。

「おじいちゃん、今度の日曜も来てな!」

一回かぎりのつもりやったんやが、これほど気に入ってもらえるとは正直、信じられへんかった。毎日、ヒマにしている身やし、一週間もあれば、またべつの物語が作れるやろと思い、約束しましたんや。

「よっしゃ、今度はもっとおもろい話、聞かせたるわ」

つぎの日曜日、浜寺に来ると、その子は近所の子を三人ほど連れて待ってましたわ。結局、それから毎週、ここで紙芝居をやるハメになりましたんや。そのうち口コミで、どんどん子どもの数が増えてきて、止めるに止められんようになってもうた。大雨ならやりまへんけど、少々の雨やったら、あそこの大きな松の木の下でやってますねん。ホンマにこないにたいそうになるとは思わなんだ。

☆　☆　☆

老人は紙芝居を演じるがごとく、理恵に質問の機会を与える間もなく、一気に語った。その噺口調はまるで講談師のように流暢で、大阪弁も厭味がなく、理恵の耳に心地よく響いた。

「見ず知らずのお嬢さんにくだらんことをべらべら喋ってしもうて、すんまへんでしたなぁ」

老人は苦笑いしながら、うれしそうな表情を覗かせていた。


理恵は飲みさしの缶コーヒーをベンチの端に置き、天を仰ぎ見た。いつしか厚い雲は強風で吹き飛ばされ、秋の爽やかな青空が広がっていた。その空とおなじように、彼女の心のなかで小さな太陽がきらきらと輝き、身体の芯が温かくなってきているのを感じ取っていた。こんな体験はかつてなかった。忘我の状態にあった理恵の顔を老人が心配そうに見つめていた。

「お姉ちゃん、しんどいんか」

その声に反応しなかったので、耳元に声をかけて肩を揺すった。

「大丈夫でっか」

ふと我に返った理恵は、老人の顔を正視した。そしてパン屋でアルバイトをはじめた五月以降、北天下茶屋駅からチンチン電車に乗ってくるナゾめいた姿が気になり、先週はここまであとをつけて来たことを打ち明けた。

べつに黙っておればいいことだったのだが、どうしても言いたくなった。その話をじっと聞いていた老人はケラケラ笑った。

「こんな年寄りがそないに気になりましたか。わしもまだまだ女性にモテるんですなぁ。こら、ケッサクなこってす」

「どうしてこの浜寺に来られたのですか。昔、住んでいらっしゃったんですか」

「浜寺でっか……」

笑みを湛(たた)えていた老人は急に口をつぐんでしまった。理恵は訊いてはならないことを口走ったと思い、後悔した。

老人はそれ以上、ひと言も言わず、帰り支度をはじめた。ハシゴと紙袋を両手で提げようとすると、理恵がさっと紙袋を手に持った。

「おじいさん、わたしにも手伝わせてください。絵は下手ですけど、物語を作るのはなかなか得意なんですよ」

老人は驚いた表情で理恵の顔を見つめた。

「こんな素人の紙芝居なんか、若い人がやるもんやおまへん。年寄りの道楽でんがな。もっと自分の好きなことに時間を使いなはれ」

「そんなこと言わないで、お願いします」

理恵は手を合わせ、深くお辞儀をした。

「なにをしまんねん。そんなこと止めなはれ。他人(ひと)様に頭を下げられるようなことはしてまへんがな」

強い口調だった。それでも理恵は合掌したまま……。

老人はお手上げといった顔つきになった。ほんとうは新しい物語が底をついていたので、だれかに作ってもらえれば、こんなにありがたいことはないと思っていた。それに年寄りが作る物語よりも、彼女のような若い人の物語の方が、子どもたちには喜ばれるに違いないと考えていた。

老人はハンチングを取り、理恵に顔を向けた。

「そうでっか、わかりました。お姉ちゃんの心意気に負けましたわ。ほんなら、あんたが物語を考えて、わしが絵を描く。分業でいきまひょか」

「ありがとうございます」

理恵がいきなり握手すると、老人は照れ笑いして自己紹介した。

「わしは折田三郎、七十五歳のお年寄りです」

反射的に、理恵がはきはきした口調で返した。

「わたしは今年、K大学に入学しました森川理恵です。よろしくお願いします。師匠」

帰りのチンチン電車のなかで、折田は紙芝居の抑揚をつけた喋り方がいかに難しいかを身振り手振りをまじえて理恵に説明した。その仕草がまるで子どものようだったので、理恵は笑いを堪(こら)

えるのに必死だった。

北天下茶屋駅で折田と別れると、理恵は下宿に帰るまで、どんな物語を作ろうかと胸を膨らませていた。


つぎの日曜日、ふたりはいつものチンチン電車で落ち合い、理恵が書き上げた原稿を折田に渡した。

『夢のお城』……。やっぱり女の子らしい題やなぁ」

折田は原稿をぱらぱらとめくった。

「そんなもんでいいですかね」

理恵は恐る恐る訊いた。実は物語を書くのは得意と言ったが、童話ははじめてだった。これまでに印象を受けた小説や映画、演劇などをあれこれと思い浮かべて机に向かったものの、なかなか子ども向きのおもしろいストーリーが浮かばず、徹夜してようやく仕上げたところだった。睡眠不足のせいで目の下に少し隈ができていた。

「なかなかおもろそうですなぁ。これやったら描きやすいですわ。せやけど、あんまり無理したらあきまへんで」

折田は理恵が苦労して書き上げたことを見透かしていた。

原稿の受け渡しは、ふたりが落ち合うチンチン電車のなかでおこない、その物語に合った絵を折田が次週までに描くことに決めた。

浜寺公園では理恵が助手として画用紙を一枚一枚めくる役目を務めた。折田の横に、ジーンズに真っ白いカッターシャツを着た、瞳の大きな若い娘が立っているものだから、子どもたちはきょとんとしていた。

「きょうから、このべっぴんさんが紙芝居を手伝うてくれはるよってな。よろしゅう頼んます」

折田と理恵が礼をすると、いかにも腕白(わんぱく)坊主といった感じの大柄な子がガラガラ声で野次を飛ばした。

「おじいちゃんは引っ込んどき。お姉ちゃんに紙芝居やってもろたらええねん」

「だれや、そんなこと言う子は。お姉ちゃんにやってもらうねんやったら、お金を取るぞ。それでもかまへんのんか」

折田が冗談まじりで声を張り上げた。

「いじめられていた水上博という子はどこにいるんですか」と理恵が訊くと、折田が人差し指を右手の方に向けた。

「あそこですわ。黄色のカッターを着た子。ちょこんと立ってまっしゃろ。えらい元気になって、ホンマによかった」

理恵が少年の方へ視線を流すと、その向こうのベンチに、先週、画用紙を拾い集めてくれた脚の悪い女性が坐っており、こちらに鋭い眼差しを向けていた。

〈また来てる。だれやろ……〉

理恵が首を傾げた、まさにそのとき、折田が広場全体に響き渡る大きな声を発した。

「さぁ、はじまり、はじまり！」

老人と女子大生の紙芝居コンビは子どもたちに好評だった。理恵が創作した物語はファンタジックでロマンにあふれ、たとえひと時とはいえ、子どもたちを現実の世界から別世界へと旅立たせた。

古めかしい紙芝居が、情報と娯楽が氾濫するデジタル社会にあって、子どもたちの心をこれほどまでに捉えるとは理恵には驚きだった。ふだんはテレビゲームに夢中になり、大人びたことを喋っている子でも、このときばかりは本来の子どもの姿に戻り、紙芝居が織りなす小宇宙に没頭していた。一番、喜ばしかったことは、水上博をいじめていた子たちも常連になっていたことだった。

いや、子どもだけではなかった。理恵自身も紙芝居に携わって以来、生活に張りが出てきて、心身ともに軽やかになった。大学へ通うのも惰性ではなくなり、講義の合間や終了後に図書館で童話や小説を読むのが目的になってきた。それもこれも、すべて紙芝居の物語を書くための題材探しだった。

管理人の林さんからも「夏ごろ、元気なかったのに、えらい変わりようや」と言われ、内心、うれしく思っていた。

以前は日曜日に住吉のパン屋でバイトに精を出すのが楽しみだったのに、いまやその十倍、いや二十倍も日曜日が待ち遠しくなっていた。食い入るように見つめる子どもたちの顔が瞼に焼きつき、いつしか全員の顔を覚えられるようになっていた。

そしてなによりも、ついこのあいだまで得体の知れない存在だった老人とペアを組んで活動していることが不思議でならなかった。ガタガタと音を立て、昭和の空気をまき散らしながらゆったり走るチンチン電車がふたりを〈運命の糸〉で結びつけた。それはまるで生命を支える大動脈のように理恵には思えてきた。

ふたりの紙芝居は地元のコミュニティー紙に注目され、写真入りで大きく報じられた。それが反響を呼び、子どもだけではなく大人もまじって、観客は五十人ほどに膨らんだ。

理恵が気にしていた、あの脚の不自由な、ナゾめいた女性は時折、公園に姿を現し、紙芝居を演じるふたりを遠くの方から眺めていた。


気がつくと、十二月の第二日曜日になっていた。小春日和の暖かい陽射しが差し込むなか、折田は相変わらずおなじジャケット、スラックス、ハンチング帽、ループ・タイを身につけて紙芝居を演じていた。そのかたわらでジーンズに黄色いセーターとダウンジャケットを着た理恵がせっせと画用紙をめくっていた。

ふたりは息の合ったところを見せていたが、あくまでも紙芝居を介しての結びつきにすぎなかった。理恵がどんな家庭に生まれ育ち、なにを勉強しているのか、彼氏がいるのか、そういうことを折田はいっさい訊かなかったし、理恵の方も、折田の私生活について触れようとはしなかった。ただ彼女が想像するには、折田は妻に先立たれ、やもめであろうということであった。

こうした〝ビジネスライク〟なつき合いが続くと、互いにそれ以上深く立ち入るのが禁忌(タブー)となってくる。チンチン電車のなかでは、もっぱらつぎの物語はどんな内容にしようかとふたりで話し合っていた。

ところが、十二月のこの日は違った。紙芝居を終え、浜寺駅前駅に停まっていたチンチン電車に乗ると、折田がもじもじしながら理恵に話しかけてきた。

「時間がおましたら、家に来てくれまへんか。汚いとこですけど」

相方がどんな暮らしをしているのか、理恵は前々から興味を覚えていた。まだ昼前だし、下宿へ帰っても、紙芝居の物語を考えるか、本を読むことぐらいしかない。

「いいんですか。それではお言葉に甘えて行かせてもらいます」

この日、折田はあまり調子がよくなかった。声の張りが悪く、ときどきかすれて聞き取りにくかったし、いつもの柔和な顔が陰をひそめ、どことなく元気がなかった。疲れのせいだと理恵は思っていたが、電車のなかでもひと言も言葉を発しなかったので、なにかほかに理由があるのではないかと睨んでいた。

電車は、線路の両側に木造家屋がびっしり軒を並べる北天下茶屋の駅に着いた。

「理恵さん、こっち、こっち」

ハシゴを肩に抱えた折田は踏切を渡り、細い商店街のようなところを入って行った。駄菓子屋や饅頭屋の軒先を眺めながら、あとについていった理恵は、自分が暮らしている淡路よりもずっと庶民的な町だなぁとキョロキョロしていた。五分ほど路地をくねくねと歩くと、折田は右手に建つ二階建ての文化住宅の前で足を止めた。

「ここですねん」

ところどころモルタルが剝がれた壁に、赤いペンキで「昭和文化」と書かれてあり、部屋は一階と二階に十室ずつあった。折田は一階の奥から二番目の部屋の前で立ち止まり、扉の横にハシゴを立てかけ、鍵を開けてなかに入った。

「さぁ、遠慮せんと、どうぞ、入ってください。えらい散らかっとりますが」

玄関を入った左手に愛想程度に台所があり、その奥が六畳の間と便所になっていた。ホーム炬燵が置かれ、そのまわりには下描きに使ったのだろうか、鉛筆で絵を描いたざら半紙や画用紙、クレパスが散乱していた。

家具がほとんどない。部屋の隅に小さな簞笥とその横に木箱が置いてあるだけ。木箱の上の十四型カラーテレビはどう見ても、ひと昔前のものだった。壁には奈良・桜井の聖林寺に安置されている金色の国宝「十一面観音立像」の写真をあしらったカレンダーが貼ってあった。殺風景な部屋のなかで、その超俗的なカレンダーだけが際立っていた。生活臭がちっとも感じられず、やはりこの人はひとり暮らしなのだと理恵は確証を得た。

彼女に炬燵に入るよう促した折田は、ポットの湯を使ってティーバッグで紅茶を入れ、流し台の下からビスケットを取り出した。

「なんもおまへんが、このビスケット、なかなかおいしおまっせ」

そう言って理恵の向かいに坐り、紅茶とビスケットを差し出すと、ふたりのあいだにしばし沈黙が続いた。理恵はこの場をどうしのげばいいのか困惑し、ふたたび部屋をぐるりと見まわした。

ふと視線をテレビの上に落とすと、一枚のモノクロ写真があった。それは小ぎれいな写真ケースに収められており、三人の人物が映っていた。

「あれ、わしの家族でしてん」

過去形で言った理由を、理恵には問いただす勇気はなかった。

折田はその写真を持ってきて、彼女に見せた。かなり黄ばんでいたが、鮮明に映っている。浜辺を背景に、海水パンツをはき、浮輪を胴に巻き付けている男の子をはさんで、右側に背広を着た長身の男性、左側にワンピースの水着姿の女性が立っていた。たくましい男は明らかに折田だった。しかし頬に傷はなかった。

「奥さんとお子さんですか」

理恵が訊くと、折田は頷いた。

写真の女性が、浜寺公園にやって来る銀縁メガネの女性とだぶった。ともに痩身（そうしん）で、背丈もおなじくらい。切れ長の目もよく似ている。年齢を重ねれば、あの女性のようになるかもしれない。

〈ひょっとしたら、奥さん？　折田さんはあの女性のことを知っているのかな〉

　写真を見つめて考え込んでいると、折田の声が飛んできた。

「理恵さん、以前、なんで浜寺に来たのかを尋ねましたやろ」

「……そんなこと訊きましたかね」

　理恵は少し逃げ腰になった。

「この写真、浜寺ですねん。当時はまだ海水浴場がありましたんや。水はだいぶ汚なってたけど、それでも十分泳げましたんや。忘れもしまへん、昭和三十四年、息子が十歳のときでしたわ」

　折田はビスケットをつまんで、理恵の顔を正視した。

「女房と子どもが家を出て行きおった日ですねん、きょうは……。家庭が崩れるのはあっと言う間ですなぁ」

　折田にはなにか複雑な過去があるのではないかと理恵は薄々思っていた。温顔のなかに、ふと翳りが漂うときがあり、紙芝居を演じているときも、無理やり元気さを絞り出しているような気がしてならなかったからだ。

「わしだけ服を着てまっしゃろ。なんでかわかりまっか。他人様の前で肌を見せられまへんのや。

肌を汚してますねん」

理恵が理解していない様子だったので、折田はジャケットを脱ぎ、カッターシャツをめくって背中を見せた。そこには雷雲のなかおどろおどろしい竜が激しく踊り狂っている様を描いた刺青が彫られてあった。

「キャッ！」

理恵は思わず悲鳴を上げ、反射的に視線を外した。刺青とはどんなものなのか知識として身にはつけていたが、実際、目の前で見たのははじめてだった。見事な刺青とはいえ、彼女には不気味なものとしか映らず、胸に異常な高まりを覚え、一気に紅茶を飲み干した。

「すんまへん、すんまへん。変なモンを見せてもうて」

折田は恐縮した。

「わしは堅気（かたぎ）やなかったんや。わかりまっしゃろ」

理恵は、刺青とヤクザが結びつくことぐらいはなんとなく知っていた。しかし楽しそうに紙芝居を演じている折田がそういう裏の世界に身を投じていたとは到底、信じられなかった。

「今年の三月ごろ、家でぶらぶらしてると、ふとこの写真が目に留まりましてなぁ。ほんで無性に浜寺の海を見とうなりましてん。なん年ぶりやろ、浜寺に行ったんは……。ちょっとは昔の面影があるんかなぁと思うてましたんやが、駅を降りてびっくりしてもうた。昔、海水浴場やった辺りは、みなコンクリートで塗り固められて、海なんかどこにもあらへん。沖の方には煙突がそびえてて、工場がいっぱい建ってある。えらい変わりようや。その変わりように呆気にとられ、ベンチに坐ってたとき、水上博という子を見たんですわ。あのいじめられてた子ですわ。わしの息子と顔かたちがよぉ似てたんですわ、あの子は」

「……」

「女房は、ヤクザ稼業に嫌気がさし、息子を連れてどこぞへ逃げよった。この写真を撮った翌年のことでしたわ。いま、息子が生きとおったら、四十七歳や。孫のひとりやふたりおってもええ年齢ですわな」

翌週の日曜日は薄ら寒い日だった。理恵はダウンジャケットの下に厚手のセーターを着込んでいた。チンチン電車の乗客はまばらで、車内でも肌寒く感じられた。

先週、折田から過去を打ち明けられた理恵は、その場でどう答えていいのかわからず、ただただ聞き入るばかりだった。銀縁メガネの女性のことを訊くつもりだったのに、その機会も逸してしまった。それほどまでに折田の告白は理恵の心を深く突き刺した。

けれども衝撃はなかった。どんな人間にも他人には計り知れない奥深い過去があり、折田はたまたま、理恵には無縁の世界で生きてきただけだったのだ。冷静にそう受け止めた。だから折田を見る目はまったく変わらなかった。

いや、正確に言えば、気の毒な人だと思うようになった。妻子に逃げられてから、折田はおそらく孤独感に苛まれながら暮らしてきたのだろう。そして気がつくと、人生をやり直すことのできない年齢に達していた。アウトローとして生きてきたことよりも、そういう孤愁を漂わせる生き方にむしろ憐れみを感じていた。

それにしても、解せないことがあった。どうして、アカの他人の自分に家族のことや歩んできた暗い過去を打ち明けたのだろうか。しかも教会で懺悔するような口調で……。

なぜ——？

電車のなかで、沈思の瞳を漂わせながら、心地よい振動に揺られていると、いつしか北天下茶屋の駅に到着していた。折田はしかし、乗ってこなかった。

なにかあったに違いない。そう直観した理恵はすばやく下車し、折田の家へ走った。ノックをすると、部屋のなかから折田のか細い声が聞こえてきた。

「鍵はかかってまへん」

戸を開けると、折田がホーム炬燵のなかにもぐり込み、うつ伏せになっていた。

「大丈夫ですか」

理恵は折田のそばに駆け寄り、額に手を当てた。熱はなかったが、苦しそうだ。

「ちょっと腹が痛いだけですねん。そないに心配せんといてください。しばらく横になってたら、治りまっしゃろ。理恵さん、きょうは悪いけど、ひとりでやってくれまへんか」

その言葉を耳にした理恵はたじろいだ。紙芝居をひとりで演じるなんてできるはずがない。とても無理だと思った。

「あんたやったらできる。いっぺん自分なりにやってみなはれ。子どもたちが待ってますのや」

そうだ、もし自分が浜寺へ行かなければ、楽しみにしている子どもたちはどうなるのか。咄嗟（とっさ）に彼らの笑顔が頭に浮かんだ。

「あんたの好きな物語をやってください。ハシゴはちょっと重いけど、若いねんから、なんとか担げまっしゃろ。早う行ってくださいな。子どもたちが待ってまっせ」

折田に促された理恵は、自分が作った三つの短編物語を描いた題材の画用紙を選び、「終わり次第、すぐに戻ります」と言い残して、文化住宅をあとにした。折田の具合が気になったけれど、いまはそれ以上にうまく紙芝居を演じられるのかという不安の方がはるかに大きかった。


浜寺公園に着くと、子どもたちがいまかいまかと待ち構えていた。

「えらい遅いなぁ。きょうはないんかと思うたで」

「ごめん、ごめん。きょうはおじいさんがお休みなので、わたしひとりでやります」

理恵は緊張から心も身体も慄えていた。

「大丈夫か？　お姉ちゃん」

子どもの声を聞き流し、ハシゴの上に置いた紙箱をしっかり持って、声を発した。

「さぁ、いまからはじめますよ。遠ーい、遠ーいヨーロッパのお話です。まわりはチューリップ畑が一面に広がり、そのなかに緑を敷きつめた牧場がありました。そこに一頭の子牛がいて……」

折田の喋り方を思い出し、抑揚をつけて話したつもりだったが、子どもたちの反応はいまひとつだった。

「お姉ちゃん、声が小さいで。全然、おもろないわ」

子どもたちは正直だ。容赦なく、野次が飛んだ。理恵はどう対処していいのかわからず、とにかく無我夢中で最後まで貫き通した。話し終えると、全身汗びっしょり。わずか三十分ばかりだったとはいえ、二時間ほど話したような気がした。なにをどう話したのかさっぱり覚えていなかったが、子どもたちが紙芝居にあまり興味を示さず、やたら私語が多くてざわついていたことだけは脳裏にしっかり焼きついていた。

〈やっぱり、ダメやった……わたしには無理なんやわ〉

思うようにいかなかった紙芝居デビュー。ぐったりしながら、チンチン電車に乗って北天下茶屋の文化住宅に戻ると、四、五人の住民が集まっていた。理恵がハシゴを壁に立てかけ、折田の部屋の玄関戸をノックすると、ヒゲ面の男が声をかけてきた。

「折田さんとこ留守でっせ。あんた、どなたはん?」

不吉な予感が走った。

「知り合いの者です。なにかあったんですか」

その男はやや顔を紅潮させながら、唇を尖らせて説明した。

「一時間ほど前、救急車で病院へ運ばれてなぁ。えらい胃の辺りが痛い、痛い言うて。顔面真っ青やったわ」

理恵は愕然とした。

あぁ、浜寺に行かなければよかった！

悔恨の情が、一気にこみ上げてきた。

「病院はどこですか」

「住吉のO病院ですわ」

理恵は行き方を教えてもらったが、この辺りの道には不慣れで、さっぱりわからない。そこで少し南の大通りまで出て、タクシーを拾って病院へ向かった。あわてていたので、手には画用紙を入れた手提げの紙袋を持ったままだった。

病院に着くと、真っ先に救命センターの窓口へ駆け寄った。出てきた若い看護師をつかまえ、折田の容態について詰問した。

「あの患者さん、鎮静剤を投与すると、すぐに痛みが和らいだので、いまは消化器外科の病棟で安静にしていますよ」

理恵はホッと息をついた。しかし不思議に思った。どうして腹痛なのに、内科ではなく消化器外科にまわされたのか……。

六人部屋の病室に入ると、窓際のベッドに折田が眠っていた。どうやら落ち着いているようだった。理恵は紙袋を置き、しばらくベッドの横の椅子に坐って折田の寝顔を眺めていた。掛け布団が少しめくれ、右肩を下にして横になっていた折田の浴衣から竜の刺青が少し覗いていた。彼女はそっと浴衣の襟を上げ、布団をかけ直した。

はじめてひとりで演じた紙芝居を終え、折田の具合を知って、安堵したのか、にわかに緊張感が緩み、睡魔に襲われた。気がつくと一時間ばかり経過していた。

「理恵さん、よぉ眠ってましたなぁ。わざわざ見舞いに来てくれはっておおきに」

先に目覚めていた折田が笑みを浮かべていた。

「あっ、ごめんなさい。眠ってしまって。折田さん、大丈夫ですか。救急車で運ばれたと聞いたんで、びっくりしました」

「大丈夫、大丈夫。ちょっとした腹痛ですわ。しばらく入院せなあかんけど、すぐによぉなると思いますわ。先生は七十五にしては、体力があると言うてくれはりましたさかい」

胸をなで下ろした理恵に、折田は気になっていたことを訊いた。

「それはそうと、紙芝居、うまいこといったんかいな」

この場はよけいな心配をさせないよう、きょうの紙芝居の結果を偽って報告した。

「はい、子どもたちは大喜びで、すごく好評でしたよ。なんとかひとりでやれそうです」

俯き加減に話す理恵の表情を折田はすばやく見てとった。

「それはよかった。やっぱり、理恵さんやったらできると睨(にら)んでたんや。筋がええねんなぁ。子どもたちに飲み込まれんよう、胸を張って、腹の底から声を出したら、もっとええ紙芝居ができまっせ。自分がその場の大将やと思うたら勝ちですわ。しばらく、わしの代わりに気張りなはれ。演し物はあんたが決めたらええ」

折田は理恵の心を傷つけまいと喋り方をアドバイスした。

これ以上、長居すると疲れるだろうと思い、理恵は病室を出た。その足でナースステーションに直行し、看護師に病名を訊いたが、親族でないからと教えてもらえなかった。

仕方なくエレベーターで一階のロビーに降りると、思わず足がすくんでしまった。あの銀縁メガネの女性が長椅子に坐っていたのである。彼女は理恵の存在には気づかず、女性週刊誌をめくっていた。どこか虚ろげなのが気になる。

きょう、浜寺で紙芝居を演じていたときも一番奥のベンチに坐っていた。しかし途中で公園から去って行ったのを理恵は見届けていた。

〈あのあとこの病院に来たのかな……〉

折田から鍵を預かった理恵は、北天下茶屋の文化住宅へ戻り、折田の部屋に紙袋を置いた。

静かな六畳の間に佇むと、なんとも不思議な感情が湧き起こってきた。チンチン電車のなかで折田をはじめて見てから七か月、知り合ってから三か月。なのになん十年も一緒にいるような気がして、両親や兄よりも深い結びつきがあるようにさえ思いはじめていた。

ふと、浜寺で撮った写真に目をやると、新たな疑念がわいた。折田の元を去った妻と息子がいま、どこでどんな暮らしをしているのか。ひとり取り残された折田はその後、どんな人生を歩んできたのか。もし叶うなら、妻子の居所を突き止めたいという衝動にも駆られた。

それにしても、あの中年女性の存在が気になる。どうしてＯ病院にいたのだろう。まるで折田の行動をすべて察知しているようだった。

〈やっぱり、別れた奥さんなのかな……〉

いずれにせよ、その女性と折田には深い関係があるように思えてならなかった。

すぐに折田の部屋を出るつもりでいたのに、あまりに散らかっていたので、画用紙やらクレパスやらを整頓し、雑巾を絞って掃除をはじめた。

テレビの画面を拭きながら、その上に置いてある写真を手に取り、三十代後半の折田の姿をとくと見つめた。なるほど、眼光鋭く、人を威圧するような凄味がある。その背中にはあの迫力満点の竜が踊り狂っているのだ。なのに、いまの折田はあまりにも好々爺（こうこうや）然としている。そのギャップをどうしても埋めることができなかった。

テレビ台にしている木箱の下に目を落とすと、いくつもの薬袋（やくたい）があった。数えると六種類もあった。

〈持病でもあるのかな〉

翌日の月曜日。理恵は大学の授業が終わると、下宿に帰らず、O病院へ直行し、折田を見舞った。

紙芝居の師匠は検査疲れでぐったりしていた。彼女は病気や紙芝居の話題を避け、大学での出来事や実家のこと、生まれ育った吉野のことなど、これまで話すのを躊躇(ちゅうちょ)していたプライベートな面をあけすけと喋った。銀縁メガネの女性のことは、折田の心を乱すのではないかと思い、どうしても切り出せなかった。

理恵は笑みを絶やさなかった。内実はしかし、言いようもなく苦悶していた。折田の病名を知ったからだ。昨日、京都に住む医学生の兄に電話を入れ、折田の家でメモした薬剤番号を伝えて、どんな病気に用いるのかを調べてもらったところ、「おそらく胃ガン。末期かもしれない」という返事だった。

後日、わかったことだが、折田はやはり末期の胃ガンで、二年半前、O病院の消化器外科で胃を半分切除しており、退院後、定期的に通院していた。幸い転移はなく、経過は順調で、一年もすれば、脂モノ以外はほとんど口にできるようになり、体重もほぼ元に戻っていた。今回の入院は、精密検査で腹痛の原因を突き止めることと、ガンの再発と転移の有無をたしかめるのが目的だった。

ともあれ、病名を知って、理恵はいっそう折田に寄り添いたくなった。介護だけでなく、本気で行方不明の妻子を捜すつもりでいた。だから、今度、あの銀縁メガネの女性を見かけたら、思い切って声をかけてみるつもりだった。妻でなくても、なにかヒントが得られるような気がしてならなかった。もちろん紙芝居は折田が完全に復調するまで、ひとりで続ける覚悟だった。

「来週の月曜日に検査結果が出ますねん。きょう、先生がそう言うてはりましたわ。まぁ、なんにも異常がないと思うんやけど」

理恵は軽く聞き流していたが、内心は穏やかではなかった。もしガンの再発だったら、そして全身に転移していたら……。そう思うと、折田の顔をまともに見ることができなかった。

日曜日が来た。早めに下宿を出た理恵は、北天下茶屋の折田の家へ立ち寄り、『ふたつのお星さま』と『アシカの権助』の題材を持って、浜寺公園へ向かった。

先週にも増して木枯らしが舞う肌寒い日とあって、子どもたちの姿はいつもより少なかった。ざっと数えて十人ほど。その一番前に水上博が腕を組んで立っていた。気になるあの女性はいなかった。

「きょうも、おじいさんは用事があって来られません。だから、お姉ちゃんがひとりでやります。おじいさんに負けずに演じますので、よろしく」

理恵は深々とお辞儀をして語りはじめた。もう緊張している場合ではなかった。折田の分までしっかり演じなければならない。師匠の忠言を思い浮かべ、腹の底から声を絞り出すように努め、ややオーバーに声の抑揚をつけた。さすがに流暢に喋るまでにはいかなかったものの、それでも十分、子どもたちの心を引きつけることができた。

「お姉ちゃん、きょうの紙芝居、よかった。おじいちゃんとよぉ似てたわ」

水上博から声をかけられ、理恵はこの上もなくうれしくなった。やればできる。もう怖くはない。身体の芯から自信が漲ってくるのを感じ取っていた。

充実感に浸り、口ずさみながら後片付けをしていると、どこからともなく現れた四人組の少年が近づいてきた。年齢のころは十八、九。見るからにヤンキー丸出しだ。彼らは理恵を取り囲むと、因縁をつけてきた。

「紙芝居みたいなしょうもないもん、やりやがって。目障りや」

理恵は無視していたが、彼らがじわじわと距離を狭めてきたので、たまらず声を張り上げた。

「いい加減にしてください。警察を呼びますよ」

「呼べるもんやったら、呼んでみぃ。なめたらあかんぞ」

リーダー格と思われる茶髪の少年が理恵の肩を小突いた。その拍子に身体がうしろのめりになり、腰がハシゴに当たって倒れた。ガシャッという音がしたのと同時に、理恵が握っていた紙袋のふたつの紐がプツンと切れ、地面に画用紙がドサッと落ちた。

胸騒ぎがした。

理恵は四人組に囲まれているのも忘れ、あわてて画用紙を拾って紙袋に詰め、それらを小脇に抱え、ハシゴを肩に担いで駅の方へと走った。四人組は呆然と見つめていた。

「なんや、あのアマ……、けったいなヤッちゃなぁ」


チンチン電車に飛び乗った理恵は折田の家へは寄らず、直接、O病院へ向かった。我孫子道(あびこみち)駅で上町線の天王寺駅前行きに乗り換え、帝塚山(てづかやま)四丁目で降り、ハシゴと紙袋を抱えたまま東に位置するO病院へとひた走った。

息急(せ)き切って病院の玄関に駆けつけると、大勢の人が群がっていた。驚いたのは、新聞社やテレビ局の取材記者がいっぱいいたことだった。なに事が起きたのか。理恵はそばにいた中年女性に訊いた。

「えらいこっちゃ。入院してた男の人が、この玄関で女子(おなご)はんに刺し殺されたんやて。どっちもええ年齢(とし)した人らしいわ」

理恵の頭にカーッと血が昇った。

「男の人の名前は？」

「さぁ、そこまで知りまへんなぁ」

その場を離れ、警備に当たっていた警察官に駆け寄った。

「死んだ男の人、なんという名前なんですか？」

警官は怪訝そうに理恵の顔を見た。

「亡くなられた人がわたしのおじいちゃんかもしれません。名前を教えてください」

咄嗟に嘘が出た。若い女性に気圧(けお)された警官はポツリと漏らした。

「折田三郎という人やけど……」

理恵は立ち眩(くら)みがし、ハシゴと紙袋を投げ出してよろめいた。そのまま倒れそうになったが、すばやく警官に抱きかかえられ、ロビーの長椅子に坐らされた。

どのくらい時間が経ったであろうか。そのうちロビーに設置されたテレビで事件を報じる正午のニュースが放映された。半ば放心状態だったとはいえ、アナウンサーの声だけははっきりと聞き取れた。

「きょうの午前十時半ごろ、大阪市住吉区のO病院の玄関で、この病院に入院している西成区の無職、折田三郎さん、七十五歳が、一階のロビーで待ち伏せしていた女性に刃渡り二十五センチのナイフで胸を突かれ、即死しました。その女性はただちに病院の職員に取り押さえられ、駆けつけた警察官に殺人の疑いで緊急逮捕されました。

警察の調べによりますと、この女性は淀川区の無職、寺本道子容疑者、五十七歳で、犯行の直前、ロビーから折田さんのいる消化器外科病棟のナースステーションに電話をかけて、折田さんを呼び出し、ロビーに下りてきたところを、いきなりナイフをかざして襲ったということです。

調べに対して、寺本容疑者は『復讐を果たした』と供述しており、警察では、なんらかの怨恨が原因ではないかとみて、引き続き動機を追及しています。

日曜日の朝ということで、ロビーには外来患者はおらず閑散としていましたが、それでも突如起きた医療機関での殺人事件に入院患者や職員らの動揺は隠せず……」

☆　☆　☆

「先輩、三木のやつ、まだ来ませんねぇ。あいつ、時間にルーズなんやから」

阪堺線の恵美須町駅で、理恵と長身の青年が腕時計をちらちら見ながら待っていた。

「先輩、難波から南海電車で行ったら早いのに、なんでチンチン電車で行くんですか」

「浜寺へ行くときはチンチン電車。これが一番」

理恵は笑いながら答えた。

しばらくすると、黒いフレームのメガネをかけた小柄な青年が地下鉄の出入り口から走ってきた。

「すみません、待ちましたか。恵美須町と戎橋を間違ってしまって」

三人はホームに停まっていた路面電車に乗り込んだ。理恵が厚紙を詰め込んだ手提げの紙袋、ふたりの青年が頑丈な木箱とイーゼルのような三脚の台をそれぞれ抱えていた。

「こんなチンチン電車に乗るのははじめて。ウキウキするなぁ」

「ホンマや、遊園地の乗り物みたいや」

島根と和歌山出身のふたりの青年ははしゃいでいる。

電車は南霞町、今池、今船、松田町と停まって、北天下茶屋の駅に差しかかっていた。停車して扉が開くと、三人連れの小学生が乗り込んできた。みな鞄を手にしている。日曜日の朝から、塾へ行くのだろうか。

理恵は、この駅からハシゴと紙袋を提げて乗ってきた、在りし日の折田の姿をまざまざと思い浮かべていた。


あれから二年が経っていた。無我夢中で突き進んできた二年間。理恵にとっては実時間よりも早く感じられた。

あのおぞましい事件から十日ほど経ったころ、理恵はO病院に折田の主治医を訪ねた。折田がこの世からいなくなったとはいえ、精密検査の結果が気になっていたのだ。彼女は咄嗟に、またも虚言をついた。

「私は森川理恵と申します。亡くなった男性の孫娘で、唯一の肉親です」

「えっ、あのじいさん、天涯孤独と言うてたのに……」

主治医は驚き、やや訝りながらも検査結果を教えてくれた。

結果は陰性だった。再発のかけらもなく、健康そのものだった。救急車で運ばれたときの腹痛は便秘と食べすぎが原因だったこともわかり、理恵は安堵感を抱いた。

「あの方はまだまだ長生きできました。まだ七十五ですよ。紙芝居という生きがいを持ち、さぁ、これからやというときに……。気の毒でした。病気で死なんようにと、ぼくら一生懸命ケアしてきたのに、ホンマにあっけないなぁ、人の命は……」

主治医が最後につぶやいた言葉が理恵の胸を衝いた。

〈ホンマにあっけないなぁ、人の命は……〉

かつて折田は、家庭が崩壊するのはあっという間だと言っていたが、人の命もおなじなんだ。いつ、どこで命を落とすかわからない。だからこそ、無為に過ごしていてはダメなのだ。理恵はこのときはっきりそう思った。

医局を去ろうとしたら、医師に呼び止められた。

「そうそう、森川理恵さんでしたね、あんた宛ての手紙があるよ。折田のじいさんが入院中にせっせと書いていたモンですわ。えらい、分厚いよ。よほどお孫さんのあんたを好いていたんやんなぁ」

封筒の表には「森川理恵殿」とボールペンで大書してあった。事件直後、証拠物件ということで、一時、警察の手に渡っていたが、捜査を終えてから、ふたたび病院に戻されていた。その封筒に書かれた名前から、警察に理恵の存在が知れ、事件が起きた翌朝、ふたりの刑事が淡路の下宿にやって来て、背後関係についていろいろと調べられた。

医師から手紙を受け取った理恵は下宿に戻ると、すぐに封から手紙を取り出した。少ししわのついた便箋十枚を角張った文字がびっしり埋め尽くしていた。着替えもせず机の前に坐り、一字一句、読み落とすまいと目を走らせた。そこには折田の生い立ちと、アウトローとして歩んだ壮絶な人生が記されていた。

書き出しはこうだった。

「理恵さんへ――。

実は悪い病気を患うてまして、ひょっとしたら、入院中に寿命を全うするかもしれんと思うて手紙を書きました。いま流行りの『自分史』というやつです。前々から自分の人生を整理せなあかんと思うてましてん。

アカの他人の理恵さんに、こんな手紙を書くのはおかしいかもしれまへんが、わしがこんな人間やったと知ってもらいたくて、恥も外聞も捨ててペンを取りました。理恵さんが生まれるずっと前の古い話ばかりやけど、我慢して最後まで目を通してくださいな。わしはこんな人間でしたんや」

紙芝居での語りのような大阪弁で綴られた文面から察すると、折田はガンの再発で余命いくばくもないと思い込み、身体の動くうちに理恵宛ての手紙を書こうと思い立ったようだ。

「わしは大正十五年、大阪市天王寺区椎寺町（しいでらまち）の雑貨屋の三男として生まれました。自分で言うのも変やが、幼いころは聞き分けのええ子で、両親の深い愛情を感じながら育ちましたんや。ふたりの兄と妹とも仲がよく、経済的にも恵まれ、なに不自由なく暮らしてました。

そのころ紙芝居が大好きやった。子どものわしにとって最大の娯楽でしたんや。町内に紙芝居のおっちゃんが来ると、一番に飛んで行き、一番前で食い入るように見てましたわ。いまでもその光景が浮かんできますわ。

家業が繁盛してて、両親は商売に専心してたもんやから、なかなか家族そろうて遊びに行かれなかったんやが、昭和十一年、わしが十歳のとき、はじめて家族みんなで浜寺公園へ遊びに出かけたんですわ。万葉の時代から『高師の浜』と呼ばれ、日本でも屈指の名勝地やった浜寺は、当時でも白砂青松の美しい景色を留めてました。水が透き通り、広々とした海水浴場は東洋一と謳われ、夏には大阪はもとより近畿一円から海水浴客が詰めかけ、それはそれは、たいへんな賑わいでしたわ。そのとき浜辺で家族と和気あいあいと遊んだことがいまだに忘れられまへん。ホンマにええ時代やった。

ところが、その一年後、人生の転機が訪れましてなぁ。店から七輪、ほうき、洗剤などの商品を盗み出していたことがオヤジにバレれてしまい、気を失いかけるほど頬にピンタを張られ、オフクロにも罵倒されましたんや。家が貧困に喘いでいた友達のために家族の目を盗んでやったことでしたんや。せやけど、わしの言い分は全然、聞き入れられず、一方的に叱られてばかり。そのことがあってから、両親と距離ができ、知らぬ間に家族のなかで浮き上がった存在になってしまいましたんや」

ここまで一気に読んだ理恵は、窓から暮れゆく西の空をぼんやり眺め、ふたたび手紙に目を落とした。筆力があるのか、手紙に書かれた世界に理恵はのめり込んでいった。

「その後、尋常高等小学校二年のとき、漫画家になりたいと親に打ち明けましたんや。絵の才能があると自負してたんでしょうなぁ。案の定、親は猛反対。今度は家を飛び出し、ミナミの料亭で下足番として住み込みで働き、独力で生き抜きました。まだ小さいのに、無謀やった。家とはほとんど連絡を取らず、貯めた金で色鉛筆や紙を買うて、独学でせっせと絵の練習をしてましたんや。そのあとはいろんな仕事に就いてなんとか食いつないでましたわ。

戦時中は徴兵で満州に駐屯してましたんやが、途中で本土へ帰還し、博多で終戦を迎えました。すぐに焼け野原になっていた大阪に戻り、実家へ行くと、空襲で跡形ものうなってた。掘っ建て小屋がいくつもあって、そのひとつを覗くと、すっかり老け込んだオフクロと妹が、芋の皮を湯がいてがっついてましたわ。

オフクロの話やと、オヤジは空襲のとき、逃げ遅れて焼夷弾の直撃を受けて命を落とし、ふたりの兄もニューギニアとフィリピンでそれぞれ戦死したということでしたわ。オフクロはわしと再会したとき、喜ぶどころか、まったく無表情やった。いままで培ってきたモノをすべて失い、精も根も尽き果てていたんでっしゃろなぁ。

すぐに掘っ建て小屋を補強し、母子三人でその日暮らしを続けたんやが、一年後にオフクロが衰弱死し、元々、身体の弱かった妹もすぐにあとを追いよった。両親の兄弟も行方知れずで、わしは天涯孤独になってもうた。二十二歳のときやったわ」

手紙を読むにつれ、理恵の顔が火照ってきた。

「その後、上六の闇市に足しげく通ったのが、わしのその後の人生を決定づけた。そこで闇市を取り仕切ってた三刀屋（みとや）組の下っぱと知り合い、極道の世界に入ったんですわ。その時点で漫画家になる夢は完全に断ち切れてしもうた。

戦後復興の声がこだまするにつれ、土木作業で利権が絡む場にことごとく首を突っ込み、めきめきと頭角を現した。理恵さんには理解してもらわれへんと思うんやけど、そんな商売があるんですわ。ちょうどそのころ、行きつけのバーのマダムと知り合って所帯を持ちました。それがあの写真に映ってる女房です。

すぐに息子が生まれ、公私にわたってこの世の春を謳歌してました。そして息子が十歳のとき、かつてわしが家族と楽しんだ思い出の地、浜寺へ泳ぎに行ったんです。しかし、このときはうれしい反面、辛かった。息子が『なんで、お父ちゃん、泳がへんのん』と訊くんで、往生しましたわ。背中の彫りモンを公衆の面前で晒すわけにもいかず、どう答えてええのかわからへんし……。せやけど、あのときの光景はいまでもはっきり覚えてますわ。息子はかわいい盛りで、女房もまだまだべっぴんやった。浜辺でカメラ好きの組の若いモンに撮ってもろうた写真があれですねん。

浜寺で遊んだその一年後、女房は子どもを連れ、夜逃げ同然のかたちでわしの元を去って行きよった。このことは以前、理恵さんにも言いましたなぁ。女房はヤクザの嫁とはどんなものか覚悟していたようやったが、わしの遊蕩ぶりにはついていけなんだ。競馬、競輪、競艇、麻雀とあらゆるギャンブル、博打にのめり込み、その莫大な借金を返済するため、女房を風俗の仕事に行かせてましたんや。しかも外になん人も女を囲い、ときには家に連れ込んだりして……。たまりかねた女房が『ええ加減にして』と文句を言うと、きまってゲンコツでどつき返してました。だれかてこんな旦那を持ったら、頭にきますわなぁ。

ある朝、徹夜麻雀から家に帰ってきたら、だれもいまへんのや。机の上に『早よ、死ね！』となぐり書きした紙が置いたあるだけ。女房の憎しみがこもってた。あゝ、アホな男ですわ」

理恵は机に手紙を置き、台所でインスタント・コーヒーを入れて持ってきた。そして深呼吸をして、ふたたび手紙を手に取った。

「妻子に去られた反動から、博打と女狂いがいっそう激しなった。三十代後半の男盛り。長身で、結構、男前やったさかい、どこでもようモテた。なん度も女から結婚を言い寄られたんやが、そのつど、家庭崩壊のことが頭をよぎり、再婚する気にはなれなんだ。わしは家庭人やおまへんから。

高度経済成長がはじまった昭和四十年ごろには小さい組ながらも、度胸のええ兄貴分としてならし、その世界ではちょっとしたモンやったんですわ。これが男の生きる道やと信じてましてんなぁ。若いモンを連れてミナミをブイブイ闊歩し、ホンマに怖いモンなしでしたわ。

そのまま順風満帆に行くかに思えましたんやが、対立する組との抗争がエスカレートし、わしの親分が大けがを負い、手下のモンも数人殺され、三刀屋組は壊滅寸前に追い込まれましたんや。こうなったら相手の組長の首を獲るしかない。そう思って日本刀を隠し持って深夜、芦屋の山手にある組長の自宅に忍び込み、寝室にいた組長とその妻子をめった斬りにしましてん」

理恵の手から封書が落ちた。頭に血が昇っているのを感じた。これまで映画やテレビのドラマで殺傷シーンを幾度か観たことはあるけれど、自分の身近にいた人が、それも温厚な老人が、その加害者だったとはとても信じられなかった。

「人間やおまへんなぁ。犬畜生ですわ。なんの罪もない嫁ハンと子どもにまで手をかけてもうて。あのときはわからへんかったんや、それがどんなことなんか……。そのとき相手の組長に斬りつけられた傷が、この頬にちゃんと残ってます。

組長は即死やったが、嫁ハンと男の子は瀕死の重傷で、辛うじて一命を取り留めた。逃げるのも面倒になり、自首しましたんやが、傷害、暴行、詐欺、恐喝などの余罪がつぎからつぎへと出てきて、刑罰が重くなり、結局、三十年間も刑務所暮らしを送るはめになったんですわ」

理恵は手紙を置き、ため息をついた。こんな重い内容の手紙をこれまで目にしたことがなかった。胸が痛くなり、読むのが辛くなった。でも最後まで読まなければならない。もう一杯、濃いめのインスタント・コーヒーを作った。

「罪を犯した人間は、刑務所で反省するとよぉ言われてますけど、わしの場合は違うた。人を殺めたことより、組の再建のことばっかり考えてましたんや。出所したら日本一の組にしたると。

ホンマに愚かな人間やった。まぁ、そんな目的があったから、辛い刑務所暮らしもがんばり通せたとは思いますねんけど。それにしても、あまりにも長い年月でしたわ。

七十二歳で出所したわしは、社会がなにもかも変わってしもうたことに驚いた。第一、あれほど真剣に考えてた組自体がもう解散してましたんや。その五、六年前から組のモンが面会に来えへんようになり、おかしいなぁとは思うてましたんやが、まさか組がのうなってたとはつゆ知らず。腑抜けになるちゅうのはこういうことですなぁ。

目の前が真っ白になり、日がな一日ブラブラするようになりましたんや。そのうち、ギラギラした脂っこさがのうなってきたというか、枯れてしもうたというか、なにもかもどうでもええと思うようになってしもうて。いままでエネルギーを使いすぎたんでっしゃろか。急に力がのうなってもうて、博打をする気も起こりまへん。

そのうち、他人(ひと)を殺傷した罪の重さをひしひしと感じるようになりましてなぁ。ホンマに許されへんことをしてもうた。いまになって、あの修羅場の光景が夢に出てきて、夜、ハッと目が覚めることがありますのや。出所してから、こうも変わるとは自分でも信じられまへんでした。年齢のせいだけではおまへん、これは」

部屋が暗くなってきたので、理恵は蛍光灯をつけた。窓を開けると、管理人の林さんが帰って行くところだった。目が合い、軽く会釈した。そのとき、以前、抱いた疑念が再度、湧き起こってきた。

どうして折田はこんなおぞましい過去を自分に打ち明けたのだろうか――。ヤクザ稼業に身を投じていたことだけで十分ではなかったのか。

その回答が、手紙の最後の部分に書かれていた。

「いま書き綴ってきたのがわしの人生です。メチャメチャな人生や。せやけど、それがホンマの姿なんですわ。理恵さんが知ってるわしは仮面をつけたわしやった。

怒ったらあきまへんで、理恵さんと一緒に紙芝居やってるうちに、なんか知らんけど、あんたがわしの孫のように思えてきましてなぁ。身内やったら、わしのことを知ってもらわなあかんと思うて洗いざらい書きましたんや。

わしは身寄りがないさかい、あんたみたいなええ人に会うと、無性に甘えたくなりますねん。ホンマにすんまへん。理恵さんの一生のなかで、こんなけったいな男と出会うたということを頭の片隅に刻んどいてくださいな。いや、わしのことが嫌いになったら、記憶から消してもろうても構いまへん。

最後に紙芝居をやってホンマによかった、理恵さんと知り合うことができて、ホンマによかったと思うとります。悪いことばっかりしてきた人間やのに、晩年にこんな幸せな気分に浸れるやなんて、神サンもどうかしてるんとちゃうやろか。

理恵さんのこれからの人生に幸あらんことを願って止みません。こんなよぼよぼの年寄りと仲良うつき合うてくれはって、おおきに。ホンマに、おおきに」

手紙を読み終えた理恵は、部屋の真んなかで大の字になり、しばらく天井の蛍光灯を見つめていた。

折田を殺害した寺本道子という女性は、まったく予期せぬ人物だった。警察の調べで、道子の素性が浮かんできた。それを理恵は週刊誌の記事で知った。道子は折田が命を奪った組長の妻だった。てっきり折田の逃げた妻だと理恵は勘ぐっていたのだが、いつも浜寺公園に来ていたあの銀縁メガネの痩せぎすの女性だった。

当時、六歳だった寺本道子の息子は、折田に両太股を斬られた後遺症で歩行障害となり、車椅子での生活を余儀なくされた。道子も右腕と左脚が不自由になったが、それでも懸命にわが子を育て上げた。ところが悲劇が起きた。息子が中学三年のとき、前途を悲観してアパートから飛び降り、自殺したのだった。

愛する夫と息子を失った寺本道子は、その後、折田に対する復讐だけを生き甲斐にしてきた。折田が出所してから三年目の今年五月、ようやく西成区の文化住宅で暮らしていることを突き止め、常にナイフを懐に隠し持ち、襲う機会を窺っていた。ちょうど理恵がアルバイト先のパン屋に通うチンチン電車のなかではじめて折田を見かけたころである。

けれども、折田が浜寺公園で子どもたちを前に嬉々とした表情で紙芝居を演じている光景を目の当たりにし、にわかに殺意が薄れてきた。殺人鬼の意外な姿に吃驚したのだろう。いったんは復讐を諦めようと思ったものの、だれもいないアパートの一室に戻ると、どうしても折田を許せないという気持ちがふたたび高じてくるのであった。殺るなら、子どもたちのいない場所でと決めていたらしく、閑散とした日曜日の病院で犯行に及んだというのである。

この事実を知った理恵は、過去のしがらみの重さを嫌というほど実感した。それは人生を容赦なく叩きつぶすほど強大なものだ。

折田は、寺本道子という女性の存在を片時も忘れずにいたかと言えば、決してそうではなかっただろう。ましてやその息子が自殺したことは知らなかったはずだ。毎週日曜日、浜寺公園にやって来る中年女性には気づいていたかもしれないが、彼女が、自分が殺害した組長の妻その人であったとは夢にも思わなかっただろう。けれども、彼女の方は四六時中、憎き男として折田の顔を思い浮かべ、家族の仇を討つべしと、加害者の背後に忍び寄るようにして生きてきたのだ。年齢の割にかなり老けて見えたのは、夫を亡くしてからの苛酷な人生と復讐心によるものなのか……。

因果応報という言葉がある。その言葉だけでは済まされない、なにかがこの世のなかにあるような気がしてきた。理恵は人間が持つ過去の奥深さと、人間の業というものに驚愕していた。すべてを把握したいま、折田の妻子の消息を捜し求める気はもはやなくなっていた。

折田の死後、理恵は遺品となった画用紙の題材をすべて引き取り、家主から折りたたみ式のハシゴを譲ってもらい、浜寺公園でひとりで紙芝居を続けていた。中断すれば、折田に申しわけないという気持ちが芽生え、ある種の義務感を抱いていた。

つぎの日に試験があっても、体調がすぐれなくても、少々天気がぐずついていようとも、必ずチンチン電車に乗って浜寺公園へ足を運んだ。そのうち紙芝居を演じるおもしろさ、子どもたちが喜ぶ姿にますます魅せられ、紙芝居が浜寺公園でのボランティア活動だけでは済ませられなくなってきた。

〈よし、大学で紙芝居の同好会を結成しよう！〉

折田が亡くなってから半年ほど経ったとき、理恵は決心した。

会の名は、紙芝居愛好会「サブロウ」。折田三郎にちなんで、そう命名した。

発足当初、部員は理恵を含めてわずか三人だけだったが、紙芝居がよほども珍しく映ったのか、日を追うごとに部員が増えてきた。演じる場所も浜寺だけではなくなり、淡路、十三、千林、針中野といった大阪市内の商店街や、千里中央、高槻、豊中、枚方、堺東、河内長野など私鉄沿線の主要な駅前、さらには病院の小児科病棟や院内学級、保育園、ときには老人ホームなどへも三人一組のチームで手分けして出向き、子どもたちやお年寄りを楽しませるようになった。

二か月前、そうした活動がテレビと新聞で取り上げられ、一躍、「サブロウ」は学内外で注目される存在となった。いまや部員は六十人近くにも膨らんでいる。

浜寺公園には九月下旬の爽やかな風がそよいでいた。理恵がここに来たのは一年ぶりだった。子どもたちの顔ぶれも随分、変わっていたが、折田を紙芝居の世界に引き込んだ、小学校五年生になっていた水上博が、以前とおなじように一番前に陣取っている。

「お姉ちゃん、久しぶりやなぁ。どこに行ってたんや」

少年は二年前のおどおどしたところが微塵もなく、たくましく成長していた。いや、少年だけではない。理恵自身もひとまわりもふたまわりも大きくなっていた。もはや足元のふらついた女子大生ではなかった。

「君はほんとうに紙芝居が好きだね。きょうは懐かしい物語をやるからね」

理恵が三脚を立て、ふたりの後輩がその上に木箱を乗せ、すばやく厚紙を入れた。紙芝居の道具は、折田と一緒に演じていたときとは比べモノにならないほど立派になっていた。

演し物は折田が最初に演じた『ふたつのお星さま』。理恵は諳(そら)んじるほどしっかり頭にたたき込んだ物語を流暢に話しはじめた。

「この地球からはるか遠く離れた宇宙に大きな星と小さな星がありました。ふたつの星はそれはそれは仲がよくて、人々は平和に暮らしていました。ところが、ある日、大きな星の……」

快い疲労感を伴って、帰りのチンチン電車に乗っていると、まるでビロードのような感触の涼風が開け放たれた窓から車内にそよいできた。なんとも清々しい。あまりの気持ち良さに理恵はまどろみはじめていた。と、そのとき、横に坐っていた後輩の部員に声をかけられた。

「先輩、ホンマに童話作家になるんですか」

理恵はゆっくりと瞳を開けた。

「うん、童話作家になるよ。絶対に」

冷気を含んだ風がスーッと理恵のうなじに当たった。振り向くと、カンカンカンカンという踏切の音とともに、北天下茶屋の小さな駅が見えてきた。

☆　　☆　　☆

あれから十八年——。いまや理恵は童話作家ならぬ、絵本作家としてそれなりに名をなしていた。ペンネームは本名とおなじ森川理恵。東京へは行かず、あえて関西に腰を据え、地道に創作活動を続けている。

きょうは折田の命日。理恵は遺骨が納められている一心寺で、〈恩人〉を供養してから、チンチン電車に乗って浜寺公園へ出向いた。手に持つ紙袋のなかには折田が描いた紙芝居の絵が入っており、観客がいようがいまいが、ひとりで演じるのだ。それが年に一度の欠かせない行事になっていた。

公園は人っ子ひとりおらず、師走の肌寒い風が舞っているだけ。そんな閑散としたなか、大学一年生のとき、この公園で子どもたちに冷やかされながら、はじめて単独で実演したときの情景を思い浮かべていた。

〈水上博君はどんな大人になっているのだろう〉

〈折田さんの息子さん、いまごろどこでどんなふうに暮らしているのだろう。あの手紙を読んでもらいたかったなぁ……〉

ここに来ると、自分の人生が決定的に変わったあの濃密な一時期が無性に懐かしく思えてくる。しばし感慨に浸ってから、静まり返った空間のなかで、お気に入りの『ふたつのお星さま』を演じた。

紙芝居は大学を卒業して以来、年に一回、この場所で実演するだけになっていたが、物語を完璧に暗記しており、今年は思いのほかよどみなく語ることができた。ひとり悦に入っていると、数人の子どもたちが理恵のまわりに集まり、不思議そうに紙芝居を見つめていた。

その帰り、満足感を抱きつつ、浜寺駅前駅でチンチン電車を待っていると、かつて経験した、ビロードのような感触の、穏やかな涼風がヒューと音を立てて理恵の小柄な身体を取り巻いた。

ロック・フォートの夕照

西から照りつける強烈な太陽光が花こう岩の巨大な岩山をオレンジ色に染めている。

見事な夕照(せきしょう)——。

まさにそれを絵に描いたような情景が、ぼくの視界の前方に映し出されていた。

二月下旬の南インドは乾季とあって、空気が澄みわたっている。夕暮れになっても、いっこうに衰えない陽射しが大気を熱し、大地を焦がす。

神々しい——。

そう表現せざるを得ない高さ八十三メートルのロック・フォートをめざし、ぼくはビッグ・バザール通りをまるで競歩選手のごとく速足で闊歩していた。かつてその頂に要塞が築かれていたので、その名がつけられたが、いまは外壁が紅白の垂れ幕のように見えるウチピラヤールというヒンドゥー教の寺院がドカッと構え、下界を見下ろしている。

道の両側に軒を連ねる商店には、民族衣装のサリー、香、土産物、惣菜、衣料品、自動車の部品、家電製品などありとあらゆる物が売られており、あふれんばかりの人が行き交っている。整然とした日本の繁華街の雑踏とはまったく異質な世界だ。

そこにクラクションをけたたましく鳴らす自動車とオートバイ、さらに黄色い車体に黒い幌をつけた三輪のオートリクシャーが我が物顔で入り込んでくるものだから、混沌の極みと化す。それでも秩序がそれなりに保たれているところが、インドらしいということなのだろう。

十日前にはじめてこの国の土を踏んだときは、たしかにカルチャーショックで足がすくみそうになった。ぼくはしかし、よほど順応しやすい体質とみえ、翌日にはカオスめいた環境にすっかり馴染んでいた。

ここはティルチィという活気あふれる典型的な南インドの地方都市。正式名はティルチラパッリという。インド南部の東側にへばりついているタミルナードゥ州のほぼ中央に位置している。

観光客の多い北インドではしつこく寄ってくる物乞いや土産物の押し売りの姿がこちらではあまり見かけない。比較的、治安がよく、夜のひとり歩きも物騒に感じなかった。オートリクシャーの代金を多めに請求されたり、釣り銭がないと言われたりしたことはあったものの、明らかに騙されたケースは皆無だった。

住人は北部のアーリア系とは異なり、肌の色が黒いドラヴィダ系だ。おっとりした人が多く、実におおらか。南インドにやって来て、すべてにおいてこれまで抱いていたインドに対するイメージが覆された。

気がつけば、岩山の真下に来ていた。ここが寺院の入り口だ。敬虔なヒンドゥー教の信者が大勢、参拝に訪れており、静謐な佇まいなのに、物凄い熱気が伝わってくる。その濃密な空気に気圧（けお）されながらも、なんとか受付にたどり着き、サンダルを預けることができた。

真うしろに守護神のごとき大きな雄象が鼻をゆっさゆっさと揺らして、行儀よく立っている。象の頭をもつシヴァ神の息子ガナパティをそこいらの寺院や街中に貼られたポスターで見慣れていたので、妙に親しみを覚える。北インドではガネーシャの名で知られているが、南インドではこう呼ばれている。

その象を仰ぎ見て、岩をくり抜いて造られた薄暗い階段を一、二、三、四……と小声で数えつつ、一歩一歩、素足で登っていった。ひんやりとした石の感触がいたく心地良い。しかし四百三十七段を登り切らなければ、頂上の寺院に到達できない。思いのほか勾配がきつく、体力が要る。年配者や脚力の弱い人があちこちで腰をおろしているのも頷ける。

除夜の鐘とおなじ百八つ数えたところの階段に達したとき、麦わら帽が落ちているのを目にした。汚れていない。新品だ。どう考えても、地元の参拝者のものではないようだ。

〈だれのモンやろ。観光客が落としはったんかな〉

周囲を見まわしたが、その帽子をかぶっていたと思われる人物はいなかった。反射的に麦わら帽を手に取った、まさにその瞬間、インド亜大陸最南端のカニャークマリを訪れた前日の出来事が忽然と脳裏をよぎった。

英語ではコモリン岬とよばれるその地は、地図の通りに三角形をした先端が茫漠たるインド洋に突き出ている。左手がベンガル湾、右手がアラビア海。つまり三つの海が交わっており、それゆえヒンドゥー教の名立たる聖地になっている。

そこはしかし、テレビでよく映される北インドのガンジス河畔にあるバラーナス（ヴァーラーナスィー）のような混沌とした世界とはほど遠く、たおやかな空気が宿っていた。少し西側にある砂浜が沐浴場（ガート）になっており、波のない穏やかな海に巡礼者が浸かって沐浴している。なんとも目に優しい光景だった。

視線を東に転じると、ふたつの巨岩が浮かんでいる。それぞれに石の建造物がある。圧倒的な存在感で屹立するティルヴァッルヴァルという古代タミル詩人の高さ四十・五メートルの立像と、インドの過去・現在・未来について岩の上で瞑想したヴィヴェーカーナンダという十九世紀の宗教家を称えた記念堂だ。それらがまわりの情景としっくり溶け込み、どことなく幻想的な風情をかもし出している。こうした素晴らしいロケーションにも心が癒された。

生を授かってからの六十年間、べつだん、これといって大したことを成し遂げた実感はない。ごく当たり前のように仕事をそこそこなし、家庭を守ってきた。ギターやランニングの趣味も人並み程度。

平凡・凡庸……。

その価値基準は人によってまちまちだし、友人や知人からは活動的だと言われることもあるが、自分の基準からすれば、やはり平凡・凡庸だと言わざるを得ない。

小説を書きたい、南北アメリカを縦断したい、アフリカで気球に乗りたい、大ホールでコンサートをしたい……。やりたいことは山ほどあるのだが、そのうちできるだろうと思うだけで、結局、なにもできずじまい。気がついたら、還暦になっていた。

思い立ったら、即、行動。それが生きる指針であったはずなのに、まったく裏腹な人生を歩んできたようだ。よほどずぼらな性格なのだろう。でも、人間ってそんなモンやと開き直ると、後悔なんてするのはアホらしくなってくる。これからだってまだまだ時間がある、と思いながら、おそらくあっという間に齢を重ねていくのだろう。

ただ、人生のひとつの節目である還暦の記念に、どうしてもやり遂げたいことがあった。それはどこかの岬に立ち、「イェーッ!」と大声で叫ぶこと。とくに意味はない。

はて、どこの岬にしようか。まず頭に浮かんだのが、紀伊半島最南端の潮岬だった。そこだとしかし、大阪のＪＲ天王寺駅から特急列車に乗れば、三時間ほどで実現してしまう。あまりにもあっ気ない。

そこで世界地図を広げ、紀伊半島から視線を左下へと移していくと、延長線上にインド亜大陸があった。その最南端にぼくの目が留まった。海外旅行は何度も経験しているが、インドははじめて。

「よし、決めた！　ここや」

こんな即断はかつてなかった。学生時代のようにバックパッカーで行こう。それも宿を予約せず、放浪の旅で。期間は二週間。往復の飛行機の便だけ確保すればいい。この決断も瞬時だった。もちろんひとり旅。妻はあきれ顔で送り出してくれた。


インド晴れの下、穏やかな大海原を前にし、潮風に身を委ねてインド亜大陸最南端、カニャークマリの岬に立った。時折、海鳥の鳴き声と近くの寺院から流れてくる唱和が聞こえてくるだけで、身体が引きしまるほどの静寂に包まれている。

ここにたどり着くまで、かなり苦労するのではないかと覚悟を決めていたが、これといったトラブルにも遭わず、比較的スムーズに到達できた。岬の先端で仁王立ちしたときはさすがに感動し、ブルッと身体が震えた。

さっそく実行に移した。まわりには大勢の巡礼者がいるが、警察官らしき姿はなかった。

〈よっしゃ、これなら大丈夫〉

とはいえ、なにせここは聖地だ。大声で叫んで静けさを破ると、秩序を乱した罪（騒乱罪？）で捕まるのではないかと内心ビクビクしていた。でも、躊躇している場合ではない。

さぁ、やるぞ！

インド洋に向かって、ゆっくり深呼吸してから、グリコのトレードマークをまねて両腕を上げた。そして叫んだ。

「イェーッ！」

自分でも驚くほど大きな声が出た。とびきりの絶叫だった。六十年間生きてきた証しをこの叫び声に濃縮させた、まさにそんな感じだった。当然、周囲の人たちの視線を一斉に浴びたが、そこは慌てず、冷静を装い、「いったい、なにがあったの？」と他人事のような素振りを見せ、キョロキョロすると、何事もなかったかのようにふたたび静謐な佇まいに戻った。

よかった、よかった……。

そんな大それたことではないけれど、念願を成就でき、ぼくは満足感に浸っていた。

そのあと岬に建つ石の祠（ほこら）で座禅を組み、大洋と対峙しながら、頭を空っぽにして日がな一日、のんびり過ごそうと思った。

海に面した祠に来ると、一番南端の床に真新しい麦わら帽がぽつんと置かれてあった。そばで巡礼者や観光客が床に腰をおろしていたが、だれひとり気にも留めていなかった。

ぼくはその帽子を拾い、「どなたのものですか」と身振り手振りでまわりの人に訊いた。しかしみな首を傾げるだけ。

〈だれかの忘れモンかな。ひょっとしたらトイレにでも行ってはるのかも〉

とりあえず、帽子が置かれていたところであぐらを組み、それを膝の上にのせてぼんやり海を眺めていた。あいにく帽子の持ち主はいつまで経っても姿を見せなかった。

ロック・フォートに登る途中で拾った麦わら帽が、この上もなく贅沢な時間を味わえた前日のひとコマを思い起こさせた。実際に体験したことなのに、それがなんだか夢のなかの出来事のようにすら思えてきた。

あの麦わら帽は結局、床に置いたままにし、祠をあとにした。いま目にしている帽子をまたも放置するのがどうにも忍びなく思え、それを手にして階段をひたすら登った。

麦わら帽のせいで石段を数えるのをすっかり忘れていた。はて、何段目に差しかかったのか、脚にかなりの疲労感を覚えはじめたとき、急に視界が明るくなってきた。屋外に出たのだ。頂上までもうすぐ！

開放感に満たされ、空気がうまい。一気に身体中から汗が噴き出たものの、足取りが回復し、爽快だった。しばらく平地を歩くと、左手の崖の上に目的の寺院を視界に据えた。そこに至るまでにかなり急な石段がある。

〈きつそうやなぁ〉

幸い売店があった。ジュースで喉を潤そう。店先へ歩を進めたとき、天空の寺院から降りてきた白人の中年男性と目が合った。

「ハロー！」

反射的に声をかけたら、おなじように「ハロー！」と返ってきた。そしてその男性が近づいてきた。

トリヴァンドラムやマドライなどの都会、聖地カニャークマリでは白人観光客をよく見かけたが、それ以外の南インドで目にしたことは一度もなかった。この街に来てからもそうだった。南インドは観光客がそれほど多くやって来ないのだろうか。

白人男性は淡いブルーの短パンにTシャツ姿。こげ茶色の髪の毛が夕陽に映え、黄金のように輝いていた。背丈はぼくとあまり変わらない。小柄で小太り。ファンタジー映画『ホビット』の主人公とどことなく似ており、とても愛嬌のある顔立ちで、いかにも人の好さそうな感じだった。

そんな彼がぼくの手にする麦わら帽に青眼を留めた。

「あっ、それ、わたしのモノです。ありがとうございます」

中学生でも理解できるレベルの英語でゆっくり話してくれた。

「よかった。下の方の階段に落ちていました。はい、どうぞ」

ぼくが拙い英語で返すと、その人は心底、うれしそうな表情でなん度も、「サンキュー、サンキュー」を繰り返した。

笑顔がとても優しい。ぼくは白地のTシャツに描かれた赤いドラゴンが気になり、好奇心から訊いてみた。

「ウェールズ人ですか」

その瞬間、彼の目尻が一段と下がった。

「イエス！」

数年前、イギリス南西部のウェールズを旅したとき、英国旗のユニオンジャックよりも、むしろレッド・ドラゴンをあしらったウェールズ旗をよく見かけ、強烈に脳裏にこびりついていた。

ウェールズは、イングランド、スコットランド、北アイルランドとともに「連合王国」と呼ばれるイギリスを構成する〝一国〟だ。正式名称はウェールズ公国。アングロサクソン系のイングランドとは違って、スコットランドと同様、ケルト系の住民が多く暮らす地で、ケルト語の一種ウェールズ語と英語とのバイリンガーが少なくない。

「日本人ですか。そうですよね」

白人男性から逆に訊かれた。それも日本語で！　ぼくは吃驚した。

「えっ！」

海外でたまに日本語を流暢に操る外国人と出会うことがあるが、南インドの片田舎で、しかもこんな状況で日本語が出てくるとは想定外だった。ともあれ、久しぶりに耳にする日本語だったし、頭脳回路を英語に変える必要もなくなり、にわかに心が和らいだ。

「はい、日本人です。大阪から来ました。日焼けで顔が真っ黒なので、インド人に間違われてます」

ジョークではなく、ほんとうにそうだった。わずか十日ばかりでインド人もびっくりするほど現地人化していた。

「わぁ、ホンマや、インド人みたい。大阪ですか。梅田、難波、心斎橋……、懐かしいなぁ。ミナミの引っかけ橋も賑やかやったなぁ」

ウェールズ人は両腕を上げてグリコのポーズをとった。まさか純粋な大阪弁で、「引っかけ橋(戎橋)」という固有名詞を聞くとは思わなかった。

イントネーションも完璧。敬語がややおぼついていないものの、ここまでネイティブな大阪弁を操る外国人に出会ったことがなかった。ますますこの人物に興味が惹かれた。

「枚方(ひらかた)で働いてたんです。本町(ほんまち)の日本語学校で必死のパッチで日本語をマスターし、同僚から大阪弁をいろいろ教えてもろうてましてん。ウェールズ人はラグビーが大好きなんやけど、日本に来て野球にどっぷりハマり、よぉ甲子園に行きましたわ。もちろん阪神ファン。六甲おろし、歌えまっせー。食べモンやったら、イカ焼きが大好物やった。玉子をくっつけて鉄板で焼いたあの大阪のイカ焼き。阪神百貨店の地下でよぉ食べたなぁ」

これでもかこれでもかとたたみかけるように、大阪の匂いをぶつけてくる。

〈わーっ、参った、参った!〉

この人の言語中枢はよほど発達しているのだろう。圧倒されるぼくを横目に、ウェールズ男は麦わら帽を拾ってくれたお礼にと売店でセブンアップを買ってくれ、屋外のベンチに横並びで坐った。

まずは互いに自己紹介。ぼくが言い終えてから、彼が待ってましたとばかり言葉を発した。名前はトーマス・モーガン。典型的なウェールズ人の名前だった。

「みなトムと言うてますわ」

ウェールズの首都カーディフの近郊で生まれ育った生粋のウェールズ人。年齢は五十歳。しかし童顔とあって、四十そこそこに見える。電子関係の設計技師で、バーミンガムにある日系の中堅電子器具メーカーに勤務しており、三十五歳から八年間、枚方の本社勤めになったという。

「大阪で暮らしてたとき、ウェールズちゅうても、だれもわかってくれへん。四国くらいのちっちゃな地域やからね。せやから、イギリス人で通してました。世界でイギリス言うてんのんは日本人だけやね。そのイギリスをイングランドと言う人も多いし。もう、イヤになるわ。ブリテンかUKというのがホンマやねんけど。第一、日本では白人はみなアメリカ人やもんね。ハハハ」

ぼくがウェールズを旅したことを告げると、すごく喜んでくれた。

「なんでウェールズなん?」

「ケルト文化に興味があるんです。アイルランドやスコットランドだけやないですから」

そう言うと、トムの瞳がパッと輝いた。

「ケルトですか！　珍しい、日本人でケルトに興味があるやなんて。せやから、ウェールズを旅しはったんやね」

ひとしきりケルトとウェールズの話題で盛り上がった。彼はウェールズ語もかなり理解できると言っていた。

「ということは、四か国語を話せるんですよね。すごい！」

彼はきょとんとした。

「英語、ウェールズ語、日本語、そして大阪弁！」

「ハハハ。なるほど、なるほど。一番好きな言葉は大阪弁でっせー」

浪花っ子のぼくが大阪弁で受け応えしていたものだから、トムの大阪弁にますます磨きがかかってきて、つぎつぎと思い出話を披露した。

「大阪にはけったいな人がぎょうさんいてはる。自転車の呼び鈴（リン）を鳴らさず、口で『チンチン、チンチン』と言うてるおばちゃんを見かけたし」

「堺に住んでた友達がめちゃイラチで、往生しましたわ」

「大阪のおばちゃんから、『外人さん、これあげる』とアメちゃんをどんだけもろうたことか」

日本語を忘れかけていると言っていたが、なかなかどうして、ホンモノの大阪弁を連発していた。

「見ての通り、ぽっちゃり肥えてるから、階段がきつうてきつうて。登ってきたとき、途中で休憩し、帽子を置いたまま忘れてたんやな。どんならんわ」

自分で言ってケラケラ笑っている。ホンマ、けったいな外人さんだ。

セブンアップを飲み干し、なおも大阪弁の会話が続く。トムはもう一本おごってくれた。そのボトルをぼくに手渡して尋ねた。

「なんでインドに来はったんですか」

還暦の思い出にインド最南端で叫びたかったからと答えた。彼がどう返答してくるのか興味津々だったが、意外や意外、反応がない。どうやら還暦の意味がわからなかったらしい。六十歳のことだと説明し、きのう目的を叶えたと言ったら、顔を真っ赤にして吹き出した。

「おもろいなぁ。おもろい、おもろい。わたしも十年後、そうしよっと」

「六十歳はここインドで叫んだけど、七十歳はアフリカ最南端の岬で『イェーツ!』を決めてこようと思うてますねん」

ぼくが熱っぽく話し終えると、ウェールズ人は顔をくずし、「すごい、すごい。イチビリやね」とぼくの肩をポンポンたたいた。「お調子者」や「ふざける人」を意味する「イチビリ」という大阪弁が出てくるとは、大阪人濃度がかなり高い。

「そうそう、コモリン岬でおんなじ麦わら帽を拾ったんですが、それもトムさんの帽子やったんですか」

彼に問いかけると、首を横に振った。

「ノー。これまでいっぺんもコモリン岬に行ったことないですよ。あす、そこに行って叫んでこようかな」

なるほど。あの麦わら帽がこの人のものなら小説や映画みたいになってしまう。そんな偶然性はまずあり得ない。

今度はこちらが訊く番。

「トムさんはどうしてインドへ？」

わざとたどたどしい英語で訊いた。すると急に真顔になった。触れてはいけないことだったのか……。しばし沈黙が続いたあと、トムはセブンアップのボトルをかたわらに置き、岩上の寺院に視線を移した。

ウェールズ人は概して喋り好きだ。まるで歌うように朗々と語る。彼はその典型的な人物だった。おもむろに口を開くと、時折、英語を交え、自分に酔いしれながら、よどみなく言葉を紡いでいった。それが講談のようで、すこぶる聞きやすかった。

☆　☆　☆

彼女と出会うたんは、ちょうど三十年前のことでした。名はミーナー。わたしがカーディフ大学で電子工学の研究に励んでた二十歳のとき。安うて美味しいと評判の学生食堂で食券を購入するために並んでいたら、その前に小柄で華奢なミーナーがいたんです。窓口で食券を買う段になって、彼女は困惑顔になった。

「ほかにメニューはないんですか」

その日のランチはビーフのカツレツやったんです。彼女はヒンドゥー教徒なので、牛肉は食べられへん。

「ノー。きょうはこれだけ。食材の都合がつかないので」

窓口の女性がぶっきらぼうに言い放った。

「サンドイッチとかないのですか」

懇願口調で尋ねても、無視された。あきらめ顔でその場を立ち去ろうとした彼女にわたしが声をかけたんです。

「向こうの大学食堂やったら、メニューが豊富ですよ」

いきなり背後から男性の太い声を浴びせられ、ミーナーは驚いて振り向いた。彼女の瞳はアニメ映画のヒロインのように黒くて大きかった。それを見て、わたしの恋心が芽生えました。完全に一目惚れやね。

このときの出会いを機に、おなじ大学の経済学部に在籍していた、ひとつ年下のインド人留学生の女性と恋仲になったんです。

ミーナーからこれまでまったく未知の、縁遠いインドの文化、歴史、伝統、風習、暮らしぶり、さらにはヒンドゥー教をはじめ、昨今の宗教事情などさまざまなことを教えてもらい、ガチガチの理系頭脳だったわたしの視野が一気に広がったんです。お恥ずかしいことで、ヒンドゥー教徒が牛を〈聖なる動物〉と崇め、ビーフを食べられへんこともそれまで知らへんかったんやからね。

わたしはあんまり社交的な人間ではなく、サークル活動にも無縁で、交友関係もかぎられてました。せやから、彼女は天使のような存在に思えた。

どちらかと言うと、男尊女卑的な社会のなかで生まれ育ったミーナーは信じられんほどリベラルな女性で、大学ではウェールズ文化研究会やバドミントンのサークルに入り、多くの友達を作ってました。

彼女がウェールズ語にチャレンジしたのにはホンマ、舌を巻いた。ロンドンの大学ではなく、ウェールズの大学を選んだのも、かつての宗主国イギリスについて自分の知らん一面を垣間見たいという一心からやったんですわ。

実家は黄麻（ジュート）を主とした繊維業を営んでいるとしか聞かされてなかった。ミーナーは五人きょうだいの末っ子。兄と姉はみな欧米の大学に留学しているというから、よっぽど経済的に恵まれていたんでしょう。でも、家族や家業のことを訊くと、いつも話題を変え、よぉ知らんと言葉を濁してましたわ。

わたしの父親は長年、南ウェールズの炭鉱で働いてきた筋金入りの坑夫で、当時、炭鉱組合の幹部やった。サッチャー政権下の炭鉱合理化の嵐に巻き込まれ、長期ストライキを断行して、家計がますます逼迫し、授業料すら払えん有り様。ほんで夜間、カーディフのパブでグラス洗いと掃除のアルバイトをしてなんとか学費を稼いでたんです。そんな厳しい環境で暮らしていたわたしからすれば、ミーナーは雲の上にいるような人やった。毎月、相当な額のお金がインドから仕送りされてたんでしょう。苦学生というイメージがまったく感じられへんかった。どこまでもお金持ちのお嬢さん。それでも彼女はそれを巧みに隠し、質素な女子大生として振る舞ってました。わたしが惹かれたのは、そういう品のあるというか、奥ゆかしいとこやったんです。

デートのときには、わたしの願いを聞き入れ、優美なサリー姿で現れてくれた。それは美と豊穣と幸運を司るヒンドゥー教の女神ラクシュミーそのものやった。そんな彼女を見るにつけ、インドへの関心と憧れがにわかに高まってきたんです。

彼女と会うと、いつも飽きることなく語り合うてました。イギリス、ウェールズ、インド、互いの研究分野のこと、ときには世界情勢にまで話題が飛び、それこそ夜明けまで議論を交わしたときもあったなぁ。そしてお互いによぉ笑うた。生まれてこの方、こんな居心地のええ経験を味おうたことはなかった。

道徳観念の厳しい社会で育ってきた彼女は、婚前に身体で愛をたしかめ合うことを拒み、ずっとプラトニックを貫いてました。社会に出て働いたら、必ず彼女と結婚する。わたしはそう心に誓うたんです。

ところが、夢のような一年半が過ぎたとき、突然、ミーナーが帰国してしまった。まだ留学の途中やったのに、「国へ帰らなければならなくなった」とだけ言い残し、ウェールズを去ったんです。理由を訊いても俯（うつむ）くだけ。顔には深い翳りが刻まれてました。いったいなにがあったんやろ……。

カーディフ空港まで見送りに行ったとき、恋人のうしろ姿がたまらなく愛おしく思え、同時にまた、ひとまわり小さくなったように見えました。あまりにも急なことで、わたしの精神的な衝撃と苦痛は計り知れへんかった。

放心状態になったわたしは何度も彼女の実家へ手紙を送ったんやけど、なしのつぶて。もう勉学どころやなかった。とにかくインドへ行こうと思った。せやけど渡航費すら捻出でけへん。いや、それどころか、父親がストライキでピケを張ってたときに倒れてそのまま他界してもうて、ひとりっ子のわたしが病弱な母親の面倒を見なあかんようになって……。ホンマ、どん底状態でしたわ。

彼女はこの街の出身やったんです。ロック・フォートの名をよぉ口に出してました。中学と高校時代、テストで満点を取ったり、バドミントン大会で優勝したり、なんかでっかいことをやり遂げると、いつもここに登って夕陽を浴びていたと言うてました。

☆　☆　☆

トムは真顔でひとしきり喋ったあと、一転、笑みを浮かべ、さらに言葉を継いだ。

「大昔のガールフレンドが暮らしていた街をいっぺん見たなったんです。ロック・フォートに登って、彼女が目にしていた景色がどんなんやったんか知りたくて……」

三十余年経ったいま、イギリスのウェールズから遠く離れた元恋人の生地にやって来た理由を聞かされたぼくは、彼のピュアな気持ちと行動力に胸を打たれた。

「それで、彼女に会えたんですか」

思わず訊いた。

「いやいや、会いに来たんとちゃいますから」

トムは腕時計をチラッと見て、腰を上げた。

「わたしの思い出話を聞いてくれて、おおきに、ありがとさんでした。そろそろ行かなあきませんん」

彼は温かい手でギュッと握手してくれた。

「じゃあ、今度はウェールズか大阪で会いましょう」

そう言って、麦わら帽をひょいと頭にのせ、寺院を一瞥した。そして重そうな足取りで下り階段の方へと歩を向けた。

トムが既婚者か独身者かは聞けなかった。元恋人の現状もわからない。彼女は幸せな家庭を築き、たくましい母親になっているのか、それともキャリア・ウーマンとして働いているのか……。いや、この街にいるのかどうかも定かではない。でも、そんなことはトムにとってはどうでもよかったのだろう。

〈まだ未練があるんやろうなぁ……〉

彼のアドレスを聞き忘れ、スマホでツーショット写真を撮ることもできなかった。

まぁ、仕方がないか。

こういう出会いもなかなかオツなものだ。妙に心がほんわかとしてきて、南インドへやって来てほんとうによかったとつくづく実感した。

こうして自分を納得させ、ぼくは遠ざかりつつあるウェールズ人男性に向かって大声で叫んだ。

「イェーツ！」

まばゆい落陽を背景にし、トムは夕映えのなかシルエットで浮かんでいた。響きわたったぼくの叫び声で、彼は立ち止まり、こちらを振り向いた。そして麦わら帽を手に取って大きく振った。

「イェーツ！」

精いっぱい叫んでくれたのがはっきり聞こえた。

〈さぁ、頂上をめざそう！〉

視線をトムに向けたまま、グッと気合いを入れた、まさにそのとき、一陣の強い西風がロック・フォートをスーッと吹き抜けた。その旋風が彼の手から麦わら帽をさらっていき、真っ赤に染まる南インドの夕照に吸い込まれていった。

東 龍造（ひがし りゅうぞう）

一九五四年、大阪市生まれ。大阪大学文学部美学科卒。元読売新聞大阪本社記者。日本ペンクラブ会員。関西大学社会学部非常勤講師。小説作品に『フェイドアウト 日本に映画を持ち込んだ男、荒木和一』（幻戯書房 二〇二二）がある。エッセイストとして本名の武部好伸で映画、ケルト文化、洋酒、大阪をテーマに執筆を続け、著書に「ケルト」紀行シリーズ全十巻（彩流社 一九九九～二〇〇八）、『ぜんぶ大阪の映画やねん』（平凡社 二〇〇〇）、『スコットランド「ケルト」の誘惑 幻の民ピクト人を追って』（言視舎 二〇一三）、『ウイスキー アンド シネマ 琥珀色の名脇役たち』（淡交社 二〇一四）、『大阪「映画」事始め』（彩流社 二〇一六）、『ヨーロッパ古代「ケルト」の残照』（同 二〇二〇）など多数。

おたやんのつぶやき

法善寺と富山、奇なる縒（よ）り糸

二〇二三年六月十四日　第一刷発行

著　　者　東　龍造

発 行 者　田尻　勉

発 行 所　幻戯書房
郵便番号一〇一-〇〇五二
東京都千代田区神田小川町三-十二
電　話　〇三-五二八三-三九三四
FAX　〇三-五二八三-三九三五
URL　http://www.genki-shobou.co.jp/

印刷・製本　中央精版印刷

ISBN978-4-86488-275-0　C0093

フェイドアウト　**日本に映画を持ち込んだ男、荒木和一**　東 龍造

活動写真の先駆者(パイオニア)たち——明治29年(1896)、大阪。本邦初の映画が、難波で上映された。エジソンのヴァイタスコープ、リュミエール兄弟のシネマトグラフ……映写機の「初輸入」を競った秘話。日本映画史に確固たる足跡を刻むことになった、その“時”の判断とは。　1,800円

熱風至る Ⅰ, Ⅱ　井上ひさし

弾家の支配を受ける人間に身分の枠がどれだけ超えられるかどうかという、これは実験なのさ——昭和の戯作者の、新選組への違和感と洞察。差別解消への意志。明治維新は果して、そんなに美しかったのか。その答えを新選組のなかに求めた、「週刊文春」連載中断の幻の傑作、初の書籍化。著者最後の“新刊”小説。　各3,200円

三博四食五眠　阿佐田哲也

たかが喰べ物を、凝りに凝ったところで舌先三寸すぎれば糞になるのは同じこと、とにかく美味しく喰べられればそれでいいいではないか——睡眠発作症(ナルコレプシー)に悩まされながら“呑む打つ喰う”の日々。二つの顔を持つ作家が遺した抱腹絶倒、喰っちゃ寝、喰っちゃ寝の暴飲暴食の記、傑作エッセイ、初刊行！　2,200円

風が草木にささやいた　池部良

忘れえぬ銀幕スターのゴルフ交遊録。長谷川一夫さん、鶴田浩二君、佐田啓二君、岡本喜八監督、藤山一郎先輩、尾上梅幸さん、芦田伸介君、山本富士子さん、そして録音技師の山田君……ゴルフに憑かれた愛すべき面々の知られざるエピソードを軽妙な筆致で活写。12年間に及ぶ連載から48篇を精選して収録。　2,200円

銀座並木通り　池波正太郎

それまで無意識のうちに、私の体内に眠っていた願望が敗戦によって目ざめたのは、まことに皮肉なことだった——敗戦後を力強く生きた人びとの日々と出来事。作家活動の原点たる“芝居”。その最初期の、1950年代に書かれた幻の現代戯曲3篇を初刊行。
生誕90年記念企画　2,200円

人生の滋味　**池波正太郎かく語りき**

素人が売れる時代なんだろうけど、こんなことじゃ、これからの日本人はどうなってしまうのか。心配だな——江戸を想い、昭和を生きた男が遺した名言。生い立ち、鬼平、近藤勇、真田太平記、大好きだった大相撲、戦前の映画、直木賞のこと等々……全集にも未収録だったその思いが初めて本に。**生誕100年記念企画**　2,200円